Bianca

EL MAR DE TUS SUEÑOS

Susan Stephens

HARLEQUIN™

Editado por Harlequin Ibérica.
Una división de HarperCollins Ibérica, S.A.
Núñez de Balboa, 56
28001 Madrid

© 2019 Susan Stephens
© 2020 Harlequin Ibérica, una división de HarperCollins Ibérica, S.A.
El mar de tus sueños, n.º 2762 - 4.3.20
Título original: The Greek's Virgin Temptation
Publicada originalmente por Harlequin Enterprises, Ltd.

I.S.B.N.: 978-84-1328-782-9
Depósito legal: M-724-2020
Impreso en España por: BLACK PRINT
Fecha impresion para Argentina: 31.8.20
Distribuidor exclusivo para España: LOGISTA
Distribuidor para México: Distibuidora Intermex, S.A. de C.V.
Distribuidores para Argentina: Interior, DGP, S.A. Alvarado 2118.
Cap. Fed./Buenos Aires y Gran Buenos Aires, VACCARO HNOS.

Prólogo

HABÍA llegado el gran día. Estaba amaneciendo, y Kimmie subió la persiana de su idílica habitación, contempló la gloriosa playa que se abría ante ella y respiró hondo para sentir el cálido aroma de las flores.

Aún la podía suspender.

Pero, ¿por qué la iba a suspender su propia boda? Además, ya era tarde para cambiar de opinión. Se casaría con Mike, a quien conocía de toda la vida. Y, como Mike le sacaba bastantes años, dirigía el timón de su relación con mano firme.

¿O con la mano de un dictador?

–Acuéstate pronto, y quédate en la cama hasta que te llame –le había ordenado la noche anterior–. Tienes que dormir. Mañana es un día importante.

Al recordarlo, Kimmie frunció el ceño y se preguntó cuándo se había vuelto tan obediente. Se sentía como si estuviera perdiendo partes de su propio ser. ¿Serían los típicos nervios del día de la boda? Supuso que sí, y que un paseo por la playa le sentaría bien, así que se apartó de la ventana.

El sol ya calentaba la isla griega de Kaimos cuando abrió el armario, se puso un top y unos pantalones cortos y se dirigió al dormitorio de Janey, su madrina. Tenía intención de llevársela a la playa, remojarse los pies en su compañía y, con un poco de suerte, olvidar sus preocupaciones. Sin embargo, no dejaba de pensar que se estaba equivocando.

¿Seguro que Mike era la mejor opción?

A decir verdad, era la única que tenía. Y, si no aprovechaba la ocasión de sentar la cabeza con un buen hombre, su pasado la alcanzaría y la convertiría en una amargada.

Pero, ¿estaba enamorada de él?

Eso dependía de lo que se entendiera por amor. Mike y ella eran viejos conocidos. Su familiaridad era innegable y, por otro lado, estaba segura de que nunca le pediría explicaciones. Sin mencionar el hecho de que ninguna mujer quería estar sola.

Pero, ¿estaba enamorado de ella?

Harta de hacerse preguntas, alzó la mano y llamó a la puerta de su amiga.

–¿Janey? ¿Estás despierta? ¿Puedo entrar?

Kimmie creyó oír que Janey le daba permiso para entrar, de modo que abrió la puerta, se disculpó a toda prisa por despertarla tan pronto y, a continuación, se quedó completamente helada.

Mike estaba en la cama, desnudo. Y encima de él, cabalgándolo como una amazona, estaba Janey.

Kimmie dio media vuelta y se fue.

Capítulo 1

SU PRIMER día en Kaimos había sido un desastre. Llegó de noche, y decidió quedarse en el yate para darse un chapuzón a la mañana siguiente; pero, tras alcanzar su playa preferida, Kris se topó con un grupo de turistas que parecían ajenos a un hecho importante: que aquel sitio era su paraíso personal.

Resignado, nadó un rato y salió del agua. Fue entonces cuando se fijó en la mujer de piernas fantásticas y grandes senos que estaba con el grupo. Tenía el pelo de color negro, con mechas moradas, y llevaba el bikini más pequeño que había visto en su vida.

Por si su figura no llamara suficientemente la atención, la desconocida estaba bailando al ritmo de un viejo aparato de música que uno de sus acompañantes llevaba al hombro. Pero había algo extraño en su comportamiento, como si bailara para olvidar alguna experiencia desagradable y no tuviera nada que perder.

Kris, que siempre había sentido debilidad por las mujeres estrafalarias, la miró con más detenimiento. Se había puesto un pañuelo en la cintura, con un montón de cascabeles que tintineaban cada vez que se movía, y llevaba tal cantidad de collares de cuentas que, si se hubiera metido en el mar, se habría hundido sin remedio.

Justo entonces, vio que los turistas se disponían a encender un fuego en su playa, y que uno de ellos abría un macuto y sacaba lo que parecía ser un vestido de novia.

¿Sería de la estrafalaria? Debía de serlo, porque puso cara de asco, se negó a tocarlo y se apartó del grupo, dejando que sus amigos arrojaran la prenda a lo que evidentemente era una especie de pira ceremonial.

En otras circunstancias, Kris habría intervenido para ordenarles que apagaran la hoguera, pero estaba tan interesado en el extraño drama que se limitó a mirar mientras las llamas devoraban el vestido.

Cuando solo quedaban cenizas, la mujer alcanzó un palo y lo clavó en ellas como si quisiera asegurarse de que no había sobrevivido ni un minúsculo pedazo de tela. Luego, tiró el palo, se acercó a la orilla, se quitó un anillo y lo lanzó al mar, con tan mala suerte de que la potente marea lo devolvió inmediatamente a la playa. Pero no se dio ni cuenta, porque ya se había alejado de allí.

Decidido a conocerla, Kris alcanzó el anillo y se le acercó antes de que tuviera ocasión de regresar con sus amigos.

−¿Esto es tuyo? –le preguntó.

Ella miró el objeto sin decir nada y se estremeció.

−¿Qué hago con él? –continuó Kris–. ¿Lo devuelvo al mar?

Kimmie no sabía qué hacer. Primero, encontraba a su prometido en compañía de su madrina y, cuando intentaba olvidarlo con ayuda de sus amigos, aparecía un dios salido de la mitología griega y le ofrecía el anillo que ella acababa de tirar.

Por su aspecto, debía de tener alrededor de treinta años. Era alto, guapo y brutalmente masculino, es decir, lo último que Kimmie necesitaba aquel día. Sus rasgos parecían esculpidos en piedra. Su piel, bronceada por los elementos, enfatizaba el negro azabache de su cabello. Y, para empeorar las cosas, tenía un cuerpo que rozaba la perfección y una mirada cargada de inteligencia.

¿Sería un pescador de la zona?

—Ah, lo has encontrado —acertó a decir.

—Sí, eso es obvio.

—¿Cómo es posible? Lo he tirado hace un segundo.

—Y la marea lo ha devuelto a la playa —replicó él, con voz profunda—. He pensado que debías saberlo.

—Sí, claro. Gracias.

—¿Lo tiro otra vez? —preguntó, mirándola con humor.

—Si no es ninguna molestia…

—Por supuesto que no.

—Pero asegúrate de que no vuelva.

—Descuida.

Él bajó la cabeza en ese momento y clavó la vista en una de las manos de Kimmie, que le estaba tocando el brazo.

Desconcertada, la apartó a toda prisa y tragó saliva. ¿En qué diablos estaba pensando? ¿Cómo se le ocurría tocar a un desconocido? Por lo visto, la traición de su novio la había afectado más de lo que pensaba.

Aún no había salido de su asombro cuando él

cumplió su palabra y lanzó el anillo tan lejos que no había ninguna posibilidad de que volviera.

—Tengo la sensación de que tu día no ha empezado con buen pie —comentó el dios griego.

—No, se podría decir que no —dijo ella, haciendo esfuerzos por no admirar sus hombros.

—Bueno, todos tenemos días malos.

—Ya, pero este es especialmente horrible.

—Y, sin embargo, has organizado una fiesta.

—No es una fiesta, sino una especie de despertar.

Kimmie se giró hacia sus amigos, que estaban bailando junto a la hoguera.

—¿Un despertar? —se interesó él.

—Disculpa, pero no quiero hablar de eso.

—Como prefieras.

Mientras lo miraba, Kimmie se preguntó qué había hecho para llegar a uno de los puntos más bajos de su existencia. Pero no se podía decir que fuera una gran historia: Jocelyn, una amiga de la universidad, le había presentado a su hermano, que se llamaba Mike. Luego, una cosa había llevado a la otra y, al final, el encantador y refinado Mike se había aburrido de ella y se había acostado con Janey.

—En fin, ya te he robado bastante tiempo —dijo, mirando al dios.

Él arqueó una ceja, y Kimmie supo que no estaba acostumbrado a que lo rechazaran con tanta facilidad, lo cual la llevó a preguntarse otra cosa: ¿por qué se había acercado a ella? ¿Habría visto la escena del fuego? ¿Le habría dado pena?

—¿Puedo ofrecerte una copa en agradecimiento? —continuó, decidida a saber más.

–Me temo que no será posible. Tus amigos y tú os tenéis que ir.

–¿Cómo? –dijo, perpleja.

–Estáis en una playa privada, y no tenéis permiso para quedaros.

–¿Y tú sí? –le instó.

Él guardó silencio.

–No estamos haciendo nada malo –insistió ella–. Lo limpiaremos todo cuando nos marchemos.

–Lee ese cartel.

Kimmie se giró hacia el lugar que estaba mirando, y vio un cartel de color rojo que prohibía tajantemente el paso.

–Oh, lo siento. No lo habíamos visto –se excusó–. ¿Qué eres tú? ¿Una especie de guardia?

–Soy parte interesada, por así decirlo.

–En ese caso, llevarás algún documento que lo demuestre. No pretenderás que nos vayamos por la simple razón de que tú lo digas.

Él la miró con sorna.

–¿Dónde quieres que lleve la documentación? Estoy prácticamente desnudo –replicó, señalando su impresionante cuerpo.

Kimmie apartó la vista, incómoda.

–Pues lo siento mucho. Si no tienes pruebas, nos quedamos.

Él respiró hondo y dijo:

–Largaos de una vez.

–¿Este es el tipo de bienvenida que dan las gentes de Kaimos? –protestó ella–. No dejaréis buen recuerdo a vuestros visitantes.

–Tú ya tienes cosas que recordar.

–Gracias por mencionarlo.

Él volvió a guardar silencio.

–Mira, he tenido un día desastroso, y me gustaría equilibrarlo de alguna manera –prosiguió Kimmie, cambiando de táctica–. ¿Puedo hacer algo para que cambies de opinión?

Él no dijo nada.

–¿Quién eres, por cierto? ¿Un tripulante del yate que está anclado en la bahía? ¿De esa gigantesca aberración?

–¿Un tripulante? ¿Yo? –dijo, frunciendo el ceño–. ¿De una aberración?

–Sí, de aquel barco… –declaró, señalándolo con el dedo.

–Pues no, no soy un tripulante. Y, en cuanto al barco que tanto te disgusta, se llama *Spirit of Kaimos*.

–Me alegro mucho, pero sigo sin saber quién eres.

–¿Tanto te importa?

–No. Es que siento curiosidad.

–Y yo.

Kimmie seguía asombrada con lo que estaba pasando. ¿Por qué insistía en discutir con un desconocido? Se había puesto a bailar para expulsar los fantasmas que llevaba dentro y, en lugar de expulsarlos, se dedicaba a hablar con un hombre increíblemente arrogante que los quería fuera de la isla. Pero eso no era tan malo como la reacción de su cuerpo, encantado de que aquel dios griego la devorara con los ojos.

–Hagamos una cosa –prosiguió él–. Si me hablas de ti, consideraré la posibilidad de que os quedéis.

Kimmie apretó los puños, intentando refrenarse. No quería causar problemas a sus amigos. Ya se había equivocado bastante por un día, aunque sus errores venían de lejos. ¿Cómo era posible que hubiera confiado en Mike?

Si hubiera estado más atenta, se habría dado cuenta de que su interés por ella empezó cuando salió de la universidad y vendió sus primeros cuadros, que fueron un éxito. Lo único que le interesaba era su dinero. Pero Jocelyn la quería como a una hermana y, como ella quería a su amiga del mismo modo, no había dudado de la bondad de Mike.

–Está bien, no hables si no quieres –dijo él con frialdad–. No estoy aquí para resolver tus problemas, ni para ser objeto de tu ira.

Ella lo miró a los ojos. No tenía duda de que aquel hombre intimidaba a mucha gente, pero su día había sido tan terrible que ya no le asustaba nada. Si pensaba que se iba rendir, estaba muy equivocado. Se limitaría a tratarlo con cautela, por el bien de sus amigos.

–Lo siento, pero no nos vamos a ir si no me enseñas alguna prueba de que tienes autoridad sobre esta isla.

–Te lo estoy pidiendo por las buenas –insistió él.

–Y yo te digo por las buenas que no estamos haciendo nada malo y que dejaremos la playa tan limpia como la encontramos.

Kris pensó que la mujer de los cascabeles estaba cometiendo un error, aunque no podía negar que le había impresionado. Era obvio que había tenido un problema grave y que ardía en deseos de retirarse a algún lugar tranquilo, donde pudiera estar a solas con sus pensamientos; pero, a pesar de ello, lo desafiaba.

Además, también era obvio que se estaba refrenando porque no quería meter a sus amigos en un lío, lo cual la condenaba a una situación difícil: mantenerlo a raya sin sobrepasarse en ningún momento. Definitivamente, no se parecía nada a las mujeres a las que estaba acostumbrado. No se sometía a la voluntad de nadie. Y había despertado su interés de tal manera que ahora estaba atrapado entre la necesidad de echarla y el deseo de que se quedara allí.

¿Qué debía hacer?

Al final, optó por suavizar las cosas y dijo, ofreciéndole una mano:

–Me llamo Kris.

Ella frunció el ceño.

–¿Eso significa que nos podemos quedar?

–Yo no he dicho eso.

Kris sonrió y clavó la vista en sus ojos, que se oscurecieron súbitamente. El impulso de besarla fue abrumador, pero estaba acostumbrado a dominarse.

–De acuerdo, jugaremos a tu modo –dijo ella, que dio un paso atrás y le estrechó la mano–. Yo soy Kimmie Lancaster. Y, antes de que lo preguntes, Kimmie no es diminutivo de nada. Me llamo así. Simplemente Kimmie.

–Encantado de conocerte, simplemente Kimmie –ironizó–. Pero, ¿qué te ha pasado? Tiras un anillo de diamantes al mar, quemas un vestido de novia y luego, te dispones a celebrar una fiesta.

—Ya te he dicho que no es una fiesta, sino un despertar —le recordó ella—. Además, no queríamos desperdiciar la comida de la boda. Kyria Demetriou, la dueña del hotel donde nos alojamos, se ha tomado muchas molestias con el banquete, y nos ha parecido una buena forma de mostrarle nuestra gratitud.

—Ah, sí, la dueña del Oia Mare. Es amiga mía.

—¿Kyria?

—Sí.

Kimmie se tranquilizó un poco. Kyria sabía juzgar a la gente y, si era amiga de aquel hombre, no podía ser tan horrible.

—Bueno, no me sorprende que os conozcáis, teniendo en cuenta que la isla es muy pequeña —replicó.

—Lo es —dijo—. Pero, ¿por qué os alojáis en el Oia Mare? Es muy caro.

—Porque quería agasajar a mis amigos.

—¿Porque los querías agasajar? —preguntó, sorprendido.

—¿Qué tiene de malo?

—Que te habrá costado una fortuna.

Ella guardó silencio.

—¿No habría sido mejor que pagaran una parte de los gastos?

—No quiero que paguen nada. Tuve un golpe de suerte y decidí compartirla con ellos. Casi todo lo que gané está invertido en un proyecto que me interesa, pero me sobró lo suficiente para hacer algo especial, algo distinto.

—¿Y a tu prometido le pareció bien?

Kimmie respiró hondo.

–No sé por qué te estoy hablando de eso.

–Quizá, porque necesitas hablarlo con alguien.

Ella se encogió de hombros, sin decir nada.

–¿Llevabais mucho tiempo juntos?

–Si te lo digo, te vas a reír.

–Ponme a prueba.

–Está bien, tú te lo has buscado… Soy una pintora que acaba de terminar la carrera, y que se llevó una buena sorpresa cuando su primera exposición resultó un éxito –empezó a decir–. Una noche, Mike se presentó en la galería y nos pusimos a charlar. Mike es el hermano de mi mejor amiga, y los dos estábamos tan encantados con mi éxito que nos entusiasmamos y acabamos prometidos.

–¿Te ofreció el matrimonio esa misma noche?

–Sí, y yo acepté sin dudarlo –respondió–. Sé que suena estúpido, pero la vida te lleva a veces por caminos extraños. Sobre todo, cuando quieres huir de tu pasado.

–¿Y qué pasado es ese?

Ella lo miró durante unos segundos y sacudió la cabeza.

–No, no te voy a decir nada más.

–Como quieras –dijo él, pensando que debía de ser un pasado terrible para que se comprometiera con un estúpido–. Pero, ¿qué ha hecho el tal Mike? Supongo que engañarte con otra, claro.

–Brillante deducción –replicó con sorna.

–Pues es un problema. Una novia sin novio –dijo–. Menuda boda.

–Bueno, yo diría que he tenido suerte.

–¿En serio?

–Sí. Ha sido una especie de lección vital.

–Mientras no te amargues…

–No, de ninguna manera. Me hará más cauta y tendré cuidado de no volver a cometer el mismo error.

–Eso es fácil de decir, pero no tan fácil de hacer.

–Tú no me conoces.

–¿Me estás desafiando de nuevo?

Ella no respondió a la pregunta, y él empezó a sopesar una idea. Desde luego, tendría que reflexionar un poco antes de que las cosas fueran más lejos, pero su inesperado encuentro con Kimmie Lancaster le había recordado una conversación que había mantenido con su tío, y tenía la sensación de que el destino estaba llamando a su puerta.

–En fin, supongo que nos veremos por la isla –dijo ella, cambiando súbitamente de tema.

–Es lo más probable, siendo tan pequeña.

–Intentaré no cruzarme en tu camino.

–¿Insinúas que os vais a marchar? –preguntó, mirando a sus amigos.

Ella suspiró.

–No empieces otra vez, por favor. Te prometo que seremos cuidadosos. Me hago personalmente responsable de la limpieza de la playa.

Él soltó una carcajada. Kimmie había ganado la partida, aunque no supo si la había ganado por atreverse a plantarle cara o por ser tan especial.

–Te tomo la palabra. Y será mejor que la cumplas, o tendrás que darme explicaciones.

El súbito rubor de Kimmie le hizo pensar que no le disgustaba la idea de darle explicaciones, lo cual le encantó. Era una mujer valiente y muy atractiva;

una mujer que, por lo visto, estaba tan ansiosa de tocarlo como él a ella.

Por desgracia, las convenciones sociales se interponían en su camino, y no podía pasar a mayores sin el preámbulo de conocerse mejor, así que dijo:

–¿Por qué no me presentas a tus amigos?

Capítulo 2

E N QUÉ se estaba metiendo? ¿Se le habrían quemado las neuronas por haber descubierto que Mike y Janey eran amantes? Aparentemente, sí. De lo contrario, ¿por qué se había prestado a la insensatez de presentarle a sus amigos?

Tenía la sensación de que había salido de la sartén para acabar en el fuego, y contemplaba la escena como si no estuviera allí, como si no fuera real. Pero lo era, y la actitud de Kris había cambiado tanto que ya no parecía el dictador de la playa.

¿Qué estaba pasando? ¿Por qué se mostraba tan amable?

–Es encantador –dijo una de sus amigas.

–Sí, supongo que no está mal –replicó ella.

Durante la media hora siguiente, se dedicó a observar al dios griego que había encontrado en la playa. Estaba segura de que tramaba algo, pero su comportamiento echaba por tierra cualquier sospecha: trataba a los hombres con una cordialidad exenta de condescendencia, y no intentaba coquetear con las mujeres, a pesar de que algunas eran bastante guapas. Parecía un buen tipo; nada más y nada menos que un buen tipo.

¿Se estaría volviendo paranoica? Quizá, aunque

su experiencia con Mike le había enseñado que las apariencias engañaban.

–Bueno, ¿nos podemos quedar en la playa? ¿O nos tendremos que ir cuando te marches? –le preguntó en determinado momento.

–Tus amigos se pueden quedar, pero tú no.

–¿Te has vuelto loco? Yo no voy a ninguna parte. Me quedo con ellos.

–Entonces, tendréis que marcharos todos.

Kimmie se quedó atónita, y su sorpresa aumentó cuando él hizo un gesto para que lo siguiera y dijo:

–Anda, ven conmigo.

Ella lo miró con ira. ¿Por quién la había tomado? ¿Pensaba que era un perrito encantado de seguir a su dueño?

–De ninguna manera –bramó, clavando los pies en la arena.

–¿No quieres venir conmigo?

A decir verdad, Kimmie ardía en deseos de marcharse con él. Pero, si Mike la había traicionado siendo tan fiable como parecía ser, ¿qué haría aquella maravilla con cuerpo de gladiador, tatuajes en los brazos y un pendiente de aro? Kris era la quintaesencia del peligro.

Ahora bien, ¿no era eso lo que necesitaba? Una distracción amorosa. Si funcionaba con sus amigas, funcionaría con ella.

–Pues es una pena –continuó él–. Pensaba que querrías hablar un poco más.

Ella guardó silencio. Estaban tan cerca que podía sentir su calor, y se imaginó abrazada a su moreno cuerpo.

–Oh, vamos, solo te estoy pidiendo que demos un paseo y charlemos un rato.

Kimmie lanzó una mirada a sus amigos. Habían visto a Kris, y lo reconocerían si tenía algún problema con él. Además, ¿qué podía ocurrir? Solo iban a hablar, y se sentía perfectamente capaz de controlar la situación.

Convencida de que no corría ningún riesgo, aceptó su invitación y lo siguió. Momentos después, Kris empezó a subir por una duna y, al ver que ella se quedaba atrás, se detuvo y dijo:

–¿Voy demasiado deprisa?

Kimmie lo miró y se preguntó si Kris sería consciente del caos hormonal que le estaba provocando. Pero, a pesar de su incomodidad, se dijo que hablar le vendría bien. Tenía demasiadas cosas en la cabeza, y necesitaba sacarlas de algún modo.

–Haz como Sherezade –dijo él con una sonrisa–. Cuéntame historias. Así, me tendrás entretenido y tus amigos podrán estar más tiempo en la playa.

–Si solo se trata de hablar…

–Por supuesto.

Kimmie volvió a pensar que estaba cometiendo un error, pero olvidó sus temores al ver la sonrisa de su acompañante.

Luego, él le ofreció una mano para ayudarla a subir y ella la aceptó.

Kimmie estaba jadeando cuando llegaron a lo alto de la duna. Aún podía ver a sus amigos, pero los perdió de vista al descender por la ladera contraria.

–Eres una mujer sorprendente. La mayoría de las novias se encerrarían en su casa y romperían a llorar si su novio las hubiera traicionado.

–Ya, pero no estoy en mi casa. Y tengo que cuidar de mis invitados.

–Pues yo diría que lo has conseguido –replicó–. Deja de torturarte a ti misma.

–¿Quién dice que me estoy torturando?

–Yo.

Ella arqueó una ceja.

–¿Tan transparente soy?

–Me temo que sí.

Kris la llevó a un lugar relativamente recogido y la invitó a sentarse, cosa que hizo. Después, se acomodó a su lado y dijo:

–Venga, ábreme tu corazón.

–Solo vamos a hablar –le recordó ella, mirándolo con desconfianza.

–Ese era el trato.

Kris se preguntó quién sería Kimmie Lancaster. En principio, no se parecía nada a las mujeres con las que estaba acostumbrado a salir. Tenía todos los rasgos de una ingenua sin experiencia, como indicaba el unicornio que se había tatuado en el hombro. Pero se comportaba como si fuera capaz de afrontar cualquier desgracia.

–Quiero preguntarte una cosa.

–¿Solo una? –ironizó él.

–Sí, solo una –respondió–. ¿Cómo es posible que puedas estar en este sitio y nosotros no? El cartel que has señalado antes dice que es una reserva natural, y que solo se puede acceder con permiso de su dueño.

–Un permiso que tengo –dijo Kris–, aunque ahora no lo pueda demostrar.

–Pues no me parece justo.

–¿Podrías cambiar de tema?

–¿Por qué?

–Porque ese me empieza a aburrir.

Él le puso una mano en el brazo, y ella lo miró con una mezcla de horror y fascinación, como si tuviera miedo de que la fuera a besar y, al mismo tiempo, lo estuviera deseando.

Naturalmente, Kris lo notó, y se dijo que su carácter romántico le podía ser de gran utilidad si al final se decantaba por la idea que se le había ocurrido. Su tío se quedaría de piedra si se comprometía con ella. Le había ordenado que se casara, pero estaba seguro de que no estaba pensando en una mujer como Kimmie.

–Ya es hora de que dejes tus líos de faldas y te busques una buena esposa –le había dicho Theo–. Necesitamos un heredero.

¿Sería Kimmie la solución de sus problemas?

Tras sopesarlo un momento, desestimó la idea. Quería hacer feliz al hombre que lo había criado como si fuera su hijo, pero casarse con Kimmie estaba fuera de lugar. A fin de cuentas, se acababan de conocer. Y, por otro lado, tenía la sospecha de que una mujer tan obstinada rechazaría su propuesta sin dudarlo.

Kris no la besó, y Kimmie se sintió estúpida por dos motivos: porque estaba segura de que la iba a

besar y porque quería que la besara. ¿Estaría desti-
nada a ser víctima de las circunstancias? ¿O reaccionaría en algún momento y recuperaría el control de
su vida?

–Será mejor que me vaya –dijo, levantándose del
suelo.

–¿Adónde?

–Con mis amigos.

–Pero si aún no hemos empezado a hablar…

–Puede que haya cambiado de opinión.

–Pues no deberías.

Kris se levantó y le puso las manos en los hombros.

Durante unos segundos, Kimmie deseó rendirse al
calor de su contacto. Necesitaba estar con alguien
fuerte que escuchara lo que tenía que decir y la ayu-
dara a mantener su precario equilibrio emocional.
Además, alejarse de sus amigos era todo un alivio.
Por mucho que intentaran disimularlo, era consciente
de que sentían lástima de ella. Y no quería la lástima
de nadie.

Su plan para olvidar a Mike había sido un desastre. ¿Cómo se le había ocurrido que organizar una
fiesta y bailar como una loca borraría la imagen de
encontrarlo con Janey? Era una idea patética. Solo
había servido para que se sintiera peor.

–¿Te encuentras bien? –preguntó él, frunciendo el
ceño.

Kimmie optó por guardar silencio, porque su pregunta tenía tantas respuestas que no supo qué decir.
Y, cuando lo miró a los ojos, tuvo la sensación de
que todos sus problemas desaparecían de repente.

–¿Te da miedo el sexo, Kimmie? ¿Por eso te ha traicionado tu novio?

Kimmie se quedó tan desconcertada que dio un paso atrás.

–¿Cómo te atreves a preguntarme eso?

Él se encogió de hombros.

–No es para tanto.

–Claro que lo es. Y no tienes derecho a preguntar nada.

Esta vez fue Kris quien guardó silencio.

–Será mejor que me marche –repitió ella.

–Si es lo que quieres, márchate. Pero también tienes la posibilidad de hablar conmigo –dijo–. Piénsalo bien. No tengo prisa.

–¿Qué quieres que te cuente?

–No sé. Empieza por tu infancia.

–¿Qué eres, una especie de psicólogo?

–No, pero sé qué botones pulsar –respondió–. Venga, siéntate.

–¿Puedo confiar en ti?

–¿Qué puedes perder si confías en mí?

–Supongo que nada.

–Entonces, empecemos otra vez.

–Está bien, pero quiero hacerte unas cuantas preguntas –dijo ella, sentándose de nuevo.

–Adelante.

–¿Eres un pescador de la zona?

Kris soltó una carcajada.

–¿Lo eres? ¿O no? –insistió Kimmie.

–Soy tu sultán, y tú eres la Sherezade que me cuenta historias para que tus amigos puedan estar más tiempo en la playa.

–Déjate de tonterías. Me aburren –declaró ella–. Además, no tengo mucho tiempo. Mis amigos vendrán a buscarme en cualquier momento.

–Lo dudo. Saben que estás conmigo. Y no querrás aguarles la fiesta, ¿verdad?

–No, claro que no –admitió.

–Pues empieza por el principio, por el capítulo uno de la historia de Kimmie Lancaster.

–Está bien…

–Hablar es terapéutico, ¿no?

Kimmie tardó un poco en relajarse, pero descubrió que abrirse a un desconocido era más fácil que abrirse sin más. De hecho, fue como curar una herida y, cuanto más hablaba, más ganas tenía de hablar.

Lejos de deprimirse o hundirse en la miseria, se sorprendió riendo mientras le contaba anécdotas de su infancia. Y Kris guardó silencio y la escuchó con atención, completamente concentrado en ella.

Capítulo 3

¿CUÁL es tu primer recuerdo?

–Mirar un atizador mientras me cambiaban los pañales –respondió con humor–, pero no querrás que entre en detalles.

–Desde luego que no –dijo él, sonriendo–. Prueba con otro.

–Veamos… Ah, sí. Recuerdo estar en una habitación oscura, gateando.

–¿Era tu dormitorio?

–No lo creo. Era un sitio que no olía bien. Había botellas y colillas en el suelo, y todo estaba pegajoso. Una de las colillas tenía una mancha de carmín que me hizo pensar en mi madre, pero la tiré enseguida –respondió–. Ahora que lo pienso, hacía frío… y también tenía hambre…

–Bueno, olvida eso. No quiero que revivas una experiencia desagradable, porque es obvio que estabas sola y asustada –se apresuró a decir él–. Discúlpame por haberte presionado. Pensarás que soy un insensible.

–No, solo pienso que sientes curiosidad –se burló.

–Estoy hablando en serio, Kimmie.

–¿Y qué quieres que haga? ¿Que embellezca mis

historias para que te diviertan más y mis amigos ganen más tiempo?

–No, en absoluto –dijo, levantándose de repente–. Venga., vámonos.

Ella frunció el ceño.

–¿He dicho algo malo?

–No –respondió con firmeza–. No has dicho nada malo.

Kris se había empezado a sentir culpable. Kimmie era una buena candidata para casarse con ella y apaciguar a su tío; pero, cuando empezó a hablar de su infancia, que aparentemente no había sido ideal, sintió la desconcertante necesidad de protegerla.

–¿Y bien? ¿Qué te parecen mis historias? ¿Son tan buenas como para que no nos eches de la playa?

–No están mal.

–Puedo contarte otra…

–No, déjalo –replicó él, enfadado consigo mismo.

–¿Es que te aburro?

Kris se giró hacia ella, le puso una mano en la mejilla y la miró a los ojos.

–Ni mucho menos. Eres toda una superviviente, Kimmie Lancaster.

–Y más que capaz de enfrentarme a ti.

–Lo sé.

Kris se apartó y dio un paso atrás. Era un hombre muy poderoso, que podía comprar lo que quisiera y hacer lo que le viniera en gana, pero no debía casarse con Kimmie. Habría sido una crueldad. En primer lugar, porque ya le habían hecho bastante daño aquel día y, en segundo, porque era un espíritu libre.

Una mujer como ella no aceptaría un matrimonio

de conveniencia. Una mujer como ella no se prestaría a la farsa de casarse con él para contentar a Theo y darle el heredero que deseaba.

Kimmie se alegró de haber reventado la posibilidad de acostarse con Kris. Por algún motivo, había sentido la tentación de hacer el amor con un hombre al que no volvería a ver, pero habría sido tan inútil como bailar en la playa. No habría cambiado nada. Y, seguramente, se habría arrepentido más tarde.

Eso fue lo que se dijo a sí misma mientras se miraban a los ojos. Pero todo cambió cuando él la tomó entre sus brazos de forma inesperada, inclinó la cabeza y cubrió sus labios con una serie de besos tan seductores y dulces que la dejaron sin aire. Jamás había estado tan excitada. Su cuerpo quería más, su mente quería más.

Para su desesperación, Kris rompió el contacto y le acarició el cabello. Sin embargo, debió de notar que estaba lejos de haber quedado satisfecha, porque volvió a inclinar la cabeza y la besó de nuevo, con más pasión.

Fue sensacional. Cada vez que sus lenguas se encontraban, Kimmie se arqueaba contra él y conseguía otra dosis de placer, entregándose por completo.

Al cabo de unos instantes, se sintió como si el deseo los hubiera fundido y los hubiera convertido en la misma persona. Ya no le bastaban los besos. Ansiaba una invasión más íntima, con emociones que la consumieran hasta el punto de olvidar todo lo demás.

Kris era el amante que siempre había soñado, el amante que ya no esperaba encontrar: atento, generoso e indiscutiblemente experto. No se parecía nada a Mike, quien siempre la había tratado como si sus necesidades fueran secundarias.

–Estás temblando –dijo Kris–. ¿Qué ocurre? No puedes esperar que no te desee cuando estamos tan juntos. ¿Te estás arrepintiendo?

–No.

Kimmie no pudo ser más sincera. Se acababan de conocer, pero le había contado más cosas sobre su vida de las que nunca le había contado a Mike. Y no le pareció extraño, porque su exnovio la presionaba como un vulgar dictador y Kris se limitaba a animarla.

¿Cómo podía haber sido tan estúpida? Se había convencido de que el débil y egoísta Mike sería un buen compañero, e incluso había calculado que él se encargaría de los aspectos económicos de su profesión de pintora mientras ella se dedicaba a crear. Se había engañado con una fantasía infantil, con un sueño que no tenía ni pies ni cabeza.

Sin embargo, Kris era un hombre tan fuerte e independiente como ella. Y, en lugar de sentirse cohibida o intimidada, se sentía como nueva.

–¿Estás casado? –preguntó de repente.

–No –respondió él–. Ni casado ni remotamente comprometido.

Kris había decidido que Theo tendría que esperar. Kimmie le gustaba mucho, pero no se casaría con ella. Al tomarla entre sus brazos, había notado algo más que su excitación: había notado su temor y sus dudas. Y, como no había contestado a la pregunta de si el sexo le daba miedo, no quiso abrumarla más.

Sin embargo, esa decisión aumentó su desconcierto. ¿Por qué le preocupaba la posibilidad de abrumarla? Se acababan de encontrar en la playa. Era una desconocida que le contaba historias, y no podía saber si eran reales. Quizá estuviera mintiendo para ganarse su simpatía. No habría sido la primera mujer que intentaba manipularlo.

Además, las dudas de Kimmie casi palidecían en comparación con las suyas. La necesidad de acostarse con ella era tan intensa que no recordaba haber sentido nada igual. ¿Cómo era posible que la deseara tanto?

–Bueno, creo que ha llegado el momento de volver con mis amigos.

–¿A qué viene tanta prisa?

Ella se encogió de hombros.

–A que la fiesta terminará pronto.

Kimmie se giró hacia el sol y cerró los ojos como si quisiera olvidar la traición de su novio. Estaba tan dolida que Kris se enterneció, y quiso borrar sus preocupaciones con un beso cariñoso. Pero el cariño se transformó en algo más tórrido y, antes de que se dieran cuenta de lo que pasaba, acabaron tumbados en la arena.

–Diez minutos más –dijo ella, sin aliento.

Kris estaba fascinado con Kimmie. Su inseguridad había desaparecido, y ahora lo seducía con toda naturalidad, arqueando sus lujuriosos senos de pezo-

nes orgullosamente erectos. Se estaba ofreciendo a
él. El brillo de sus ojos no dejaba lugar a dudas, y la
deseaba tanto que casi resultaba doloroso.

Tras admirar las mechas moradas de su cabello,
sopesó la posibilidad de que le hubiera tendido una
trampa. Al fin y al cabo, los hombres ricos y poderosos eran víctimas habituales de ese tipo de estratage-
mas. Pero tenía la sensación de que Kimmie solo lo
estaba usando para olvidar a su exnovio y, como sos-
pechaba que después se arrepentiría, rompió el contacto y se levantó.

—Te llevaré de vuelta —dijo.

—¿He hecho algo malo?

Kimmie le lanzó una mirada de sorpresa, y él se
preguntó por qué estaba empeñado en rechazar sus
favores. No era ni su amigo ni su psicólogo, pero se
sentía en la necesidad de protegerla. Tal vez, porque
él también era un superviviente que había tenido un
pasado doloroso.

—¿Me llevas a la fiesta?

—No, a casa.

—¿A la tuya? —dijo ella.

—No, a tu alojamiento.

Aquello era completamente nuevo para él. Cuando
quería algo, lo tomaba sin más; pero Kimmie exigía
un acercamiento más sutil.

Refrenarse con ella iba ser todo un desafío. Y Kris
adoraba los desafíos.

Kimmie no podía estar más deprimida. La habían
rechazado dos veces en un solo día, y se sentía absolu-

tamente patética. ¿Sería posible que Kris la encontrara tan aburrida como Mike? ¿Tan poco atractiva era?

En otras circunstancias, no le habría dado tantas vueltas; pero sus emociones estaban desbocadas y, por si eso fuera poco, los besos de Kris le habían gustado tanto que solo quería repetir. Además, tenía la impresión de que él también había disfrutado, lo cual aumentaba su desconcierto. ¿Habría cometido un error al contarle todas esas cosas sobre su vida? ¿Bostezaría más tarde, cuando estuviera a solas? ¿Se burlaría de ella cuando quedara con sus amigos?

–Subiremos al acantilado –le informó él, señalando la pared rocosa que se alzaba ante ellos--. Te llevaré a casa en mi coche.

–¿Has aparcado ahí?

–Claro, es donde vivo.

Kimmie se quedó boquiabierto.

–Oh, Dios mío. Ahora lo entiendo. La playa es tuya, ¿verdad?

Kris la miró a los ojos y dijo:

–¿Quieres subir? ¿O prefieres volver con tus amigos?

–Aún no has contestado a la pregunta.

–No. Ni tú a la mía.

Kimmie se preguntó qué diablos estaba pasando allí. ¿Quién era aquel hombre? ¿Quería subir a su casa? ¿Quería volver con sus amigos? ¿Quería estar sola y que la dejaran en paz? No lo sabía, pero tenía que darle una respuesta.

–El paseo te vendrá bien –continuó él, como adivinando sus pensamientos.

–¿Tú crees? –dijo con sorna, mirando el alto acantilado.

–Sí, lo creo. Y estarás en un sitio donde no tendrás que dar explicaciones a nadie –replicó–. Además, sé que te gustan las aventuras.

–¿De dónde te has sacado eso?

–Llámalo intuición.

–Entonces, ¿no estás aburrido de mí?

Él se encogió de hombros.

–Siempre me han gustado los desafíos.

–Y a mí. Pero preferiría hablar con mis amigos, para que sepan dónde estoy.

–Una precaución muy sabia. Te acompañaré.

Kimmie entrecerró los ojos en ese momento.

–Ah, ahora caigo… Tú eres Kristof Kaimos, el presidente de Kaimos Shipping.

Kris no dijo nada.

–La prensa dice que eres el hombre más rico del mundo –continuó ella–, y que estás decidido a seguir soltero a pesar de las presiones de tu tío, que está empeñado en que te cases.

–Vaya, sabes mucho de mí.

Kimmie no salía de su asombro. Había estado todo el tiempo con el famoso Kristof Kaimos, y ni siquiera se había dado cuenta.

–Es lógico que lo sepa. Los periodistas hablan de los ricos constantemente –se defendió–. Pero ahora me siento más segura.

–¿Por qué?

–Porque dudo que me quieras de esposa. Puedes elegir entre candidatas más interesantes que una artista desconocida.

Kris soltó una carcajada.

–Tienes una forma muy romántica de decir las cosas –se burló él.

–¿Romántica, yo? Me encantaría serlo, pero la vida no me lo permite.

–Si lo dices por lo que te ha pasado con tu novio, todos cometemos errores.

–¿Incluso tú? ¿Te arrepentirás mañana de haberme conocido?

–Eso no lo sabré hasta mañana, naturalmente.

–¿Siempre encuentras la forma de evitar las respuestas?

–Por supuesto. Soy un hombre de negocios.

–Pues debes de ser un gran hombre de negocios, porque no has contestado a ninguna de las preguntas que te he hecho –le recordó–. Si tu empresa se hunde, tendrías futuro como político.

–Mi empresa no se va a hundir.

–No, supongo que no. ¿Cómo se iba a atrever, estando tú al timón?

Kimmie lo miró con humor, pero él se puso serio y dijo:

–¿Te gustaría más si fingiera tener sentimientos que no tengo?

–No, claro que no. Es cierto que la mayoría de la gente intentaría ser más diplomática, pero tú vas directo al grano.

–Efectivamente –sentenció–. En fin, ¿qué vas a hacer al final? ¿Te vas con tus amigos? ¿O te vienes conmigo?

–Las dos cosas. Primero ellos y después, tú.

–Pues vámonos.

–Cuando quieras.

Capítulo 4

KRIS ya no tenía motivos para desconfiar de Kimmie. Le había convencido de que no sabía quién era al principio y, en cuanto a su desprecio por el poder y el dinero, no necesitaba convencerlo: lo había dejado bien claro al describir su yate, uno de los más lujosos del mundo, como una gigantesca aberración.

Kimmie le divertía, le excitaba y le interesaba. Y quería saber más.

Tras llevarla con sus amigos, Kimmie se despidió de ellos y se fue con él. Kris no tenía forma de ponerse en contacto con el *Spirit of Kaimos*, así que era urgente que volviera a su casa. Si no llamaba a su equipo de seguridad, se preocuparían y saldrían a buscarlo.

Mientras subían por el camino del acantilado, ella lo miró de repente y dijo, sorprendiéndolo por enésima vez:

—Me gustaría pintarte.

—¿En serio?

—Ya sabes que soy pintora…

—Sí, eso has dicho.

—Pero no sé dónde pintarte todavía. Lo decidiré durante el paseo.

—¿Eso es decisión tuya?

—Bueno, podemos decidirlo juntos.

–¿Qué te parece aquí, mirando el mar?

–Sí, podría ser –respondió, sonriendo.

–Has despertado mi interés, ¿sabes? –dijo él, encantado con ella.

–Y tú el mío. Serás un gran modelo.

–¿Por mi cara bonita y mi impresionante cuerpo?

–No –contestó ella, escudriñándolo–. Por la sombra que ocultas en tus ojos.

La perspicacia de Kimmie incomodó tanto a Kris que cambió rápidamente de tema.

–Sigamos caminando –dijo–. O llegaremos de noche.

A Kimmie no le gustó que pusiera fin a su conversación y se encerrara en sí mismo. Por lo visto, él era el único que tenía derecho a interesarse por los demás e interrogarlos una y otra vez. Pero, por otra parte, el día estaba tan abarrotado de preguntas sin respuesta que no le dio demasiada importancia.

Además, tenía dudas más inquietantes; por ejemplo, por qué estaba con ella. ¿Cómo era posible que un hombre como Kristof Kaimos perdiendo el tiempo con una novia a la que habían dejado plantada?

Cuando llegaron a lo alto del acantilado, estaba tan agotada que se inclinó y se apoyó en las rodillas para recuperar el resuello. Luego, alzó la cabeza y exclamó, atónita:

–¡Guau! ¡Qué maravilla de casa!

–¿También te gustaría pintarla?

Ella volvió a sonreír.

—Es posible.

—Me alegra que te guste.

—¿Gustarme? ¡Es fabulosa!

—Gracias.

Kimmie se quedó mirando la lujosa propiedad como si fuera una niña con zapatos nuevos.

—¿Te intereso más ahora que sabes quién soy? —continuó él.

—Todo lo contrario.

Él la miró con desconfianza.

—¿Por qué?

—Porque un retrato de Kristof Kaimos se vendería por una fortuna, lo cual complicaría las cosas. Si solo pintara a un desconocido con el que me encontré en una playa, sería un cuadro normal que llevaría a una exposición; pero, si pinto a un hombre tan famoso como tú, valdrá muchísimo dinero. Y no me gusta la idea de aprovecharme de ti.

—¿Tanto te importa?

—¿Me crees una persona sin escrúpulos?

Kris se encogió de hombros, desconcertado con su aparente indignación.

—¿Y si te doy permiso para pintarme?

—¿Me lo darías?

Kimmie se sintió la artista más afortunada del mundo. Era verdad que no quería aprovecharse de él, pero también lo era que un encargo de Kristof Kaimos daría un empujón a su carrera.

—Hace un rato, dijiste que tuviste un golpe de suerte y que invertiste parte del dinero en un proyecto que te interesa mucho —le recordó él—. ¿Esto te ayudaría?

—Por supuesto que sí —admitió Kimmie—. Es un

sueño que tengo desde hace años… establecer un programa de becas para apoyar a los artistas jóvenes y facilitar su entrada en el mundo del arte. Si dejas que te pinte, los beneficios que sacara de la venta serían de gran ayuda.

Ella frunció el ceño de repente, y Kris preguntó:

—¿Qué ocurre?

—No sé, que me siento como si te estuviera explotando.

—Pero yo estoy de acuerdo en que me explotes. Y hasta es posible que compre el cuadro y se lo regale a mi tío. Le encantaría.

—¿A tu tío? ¿Al tío que quiere que te cases?

—Al mismo —dijo él—, aunque no deberías prestar oídos a los rumores de la prensa.

—Lo siento. No pretendía ofenderte.

—No me has ofendido. Pero es una persona muy especial para mí. Lo quiero como si fuera mi padre, porque fue él quien me crio. Se podría decir que me salvó la vida.

Él abrió la verja de la propiedad y la llevó por un camino que serpenteaba entre árboles y macizos de flores. Era un lugar perfecto para charlar, pero Kimmie se dio cuenta de que Kris tenía la sensación de que ya había dicho demasiado, y de que guardaría silencio si ella no forzaba las cosas.

—¿Qué les pasó a tus padres? —se interesó—. Sé que es una pregunta muy personal, y te entendería perfectamente si no quisieras responder.

—No hay mucho que contar —dijo, muy serio—. Mis padres adoraban las fiestas, y un día se divirtieron tanto que olvidaron que tenían un hijo. Theo me rescató de las calles de Atenas, por donde estaba deambulando. Ahora solo quedamos él y yo.

Kimmie pensó que no era extraño que fuera tan reservado. Se había acostumbrado a serlo durante su infancia, cuando las circunstancias lo obligaron a levantar un muro alrededor de su corazón. Pero, al igual que ella, había decidido que no volvería a ser víctima de nadie, y eso hizo que simpatizara más con él y que quisiera saber más sobre su vida.

Sin embargo, no podía saberlo todo en un solo día, de modo que guardó silencio y lo acompañó por los jardines, intentando convencerse de que su interés por Kris no era cosa del destino, sino una simple cuestión de atracción física. Además, no tenían nada en común. Eran de mundos completamente distintos. Y desde luego, ella no estaba dispuesta a casarse con él para satisfacer los deseos de su tío.

Justo entonces, Kris aceleró el paso de tal manera que Kimmie tuvo que esforzarse para alcanzarlo. ¿Se estaría arrepintiendo de haberla llevado a su hogar? ¿O solo se sentía incómodo por haberle mostrado sus viejas heridas? A fin de cuentas, era un hombre orgulloso. Y ella tampoco se sentía cómoda en ese tipo de situaciones.

—Me encanta tu casa —dijo, intentando despejar el ambiente.

Kimmie no era completamente estúpida, y ya había imaginado que la casa de un multimillonario sería fabulosa, pero aquello superaba sus expectativas. Tenía una piscina olímpica, un par de canchas de tenis y hasta un helipuerto. Todo era lujo y esplendor;

un lujo y un esplendor que enfatizaban la inmensa brecha social que había entre ellos.

—Pintar tu propiedad me llevaría toda la vida —comentó con humor.

—Sí, es muy bonita. Sobre todo, al anochecer —dijo Kris, con un gesto desdeñoso.

Kimmie pensó que no apreciaba lo que tenía, y deseó que pudiera ver el mundo con sus ojos de artista. La luz era tan sutil que el verde de los jardines parecía brillar; el agua de las fuentes competía en belleza con las estatuas y, por si eso fuera poco, todo el paisaje se abría a un mar aparentemente interminable.

Era un lugar glorioso.

Pero, por muy glorioso que fuera, no consiguió que olvidara su principal preocupación. ¿Por qué la había llevado a su casa? ¿Qué quería de ella? No podía ser una simple relación sexual, porque había rechazado sus favores y se había comportado como un caballero.

—¿Te pasa algo? Estás muy callada.

Kimmie, que estaba sumida en sus pensamientos, declaró:

—No, es que me he quedado atónita con el helipuerto.

—Pues, si eso te sorprende, tendrías que ver mi aeródromo privado —dijo con humor.

—¿Solo tienes uno? —se burló.

Kris sonrió, y ella se volvió a recordar que debía de tener cuidado. Le gustaba mucho, y corría el peligro de que le partiera el corazón.

—¿Sabes jugar al tenis? —preguntó él.

—Juego un poco, aunque no tengo demasiado talento.

–Me sorprende que digas eso, siendo una artista.

–Ya, pero no me gusta correr de un lado para otro.

–¿Y nadar? Un chapuzón te vendría bien –dijo Kris–. De hecho, te podrías quedar en mi casa.

–¿Quedarme? –dijo ella, alarmada.

–No te preocupes. Dormirías en una de las habitaciones de invitados.

–Ah, bueno… –acertó a responder–. Gracias, pero será mejor que me marche.

–Sí, supongo que sí.

Kris lo dijo con tono de voz tan normal que Kimmie no supo cómo interpretar sus palabras y, si se hubiera empeñado en encontrarles un fondo crítico, habría fracasado. Era demasiado consciente de que su desastroso estado emocional la hacía desconfiar de todo y de todos.

Pero, ¿por qué la invitaba a quedarse? ¿Solo sentía curiosidad por ella, como ella por él? ¿O quería estudiarla con más detenimiento, pensando quizá en las ideas matrimoniales de su tío Theo?

–Tu casa es tan grande que necesitará un ejército de criados para mantenerla –declaró mientras se dirigían a la parte de atrás–. Te sentirás rodeado.

–Eres una mujer interesante, Kimmie. Siempre ves las cosas desde una perspectiva extraña –ironizó él.

Ella se encogió de hombros.

–Desde mi punto de vista, es un comentario absolutamente lógico. Vivo en una casa de un solo dormitorio y, desde luego, no tengo criados.

–¿Es que me envidias?

–¿Envidiarte? No –respondió–. A decir verdad,

me das un poco de pena. No creo que una casa tan grande pueda llegar a ser un hogar.

—¿Un hogar? —preguntó él, frunciendo el ceño.

—Sí, ya sabes, uno de esos espacios acogedores donde la gente vive y se ama —dijo Kimmie, echando de menos su diminuta casa—. ¿No te sientes solo?

—¿Por qué iba a sentirme solo? —dijo, sorprendido.

—Porque los criados tendrán cosas más importantes que hacer que hablar contigo, y todo el mundo necesita contacto humano —contestó ella—. O, por lo menos, yo lo necesito. Trabajo sola, y siempre lo echo de menos.

—A mí me pasa lo contrario. Trabajo con mucha gente, y tengo más contacto humano del que pueda necesitar —replicó Kris, ligeramente irritado por sus comentarios—. Además, ¿por qué querría una casa acogedora, como dices? Si quisiera vivir en un lugar más pequeño, me alojaría en un hotel.

Kimmie pensó que no había entendido su argumento. No se trataba de tener una casa grande o pequeña, sino de tener un refugio. Y aquel sitio estaba más cerca de ser un complejo hotelero que de ser un hogar.

—¿Qué pasará cuando te cases? ¿Qué vas a hacer para que tu esposa sea feliz en esta especie de palacio?

—¿Hacer? ¿Yo? —preguntó Kris, mirándola como si hubiera dicho algo completamente absurdo—. Eso será asunto suyo, ¿no te parece? Si no le gusta la decoración, que la cambie. Además, tengo un montón de decoradores trabajando en ella.

—¿En serio?

—Sí. ¿Quieres ver el estudio de artistas?

–¿Tienes un estudio para artistas? –preguntó, atónita.

–Un estudio, una sala de conciertos, un teatro en el jardín y hasta un campo de fútbol –le informó él, consciente de haberla sorprendido–. ¿A que ya no te parece un lugar tan frío?

–Desde luego que no –admitió–. Me has dejado impresionada.

–Se la compré a un pintor bastante famoso.

–¿A quién?

Kris le dio el nombre, y Kimmie soltó un suspiro de asombro.

–Kaimos siempre ha tenido una comunidad de artistas –continuó él–. Creo que tiene algo que ver con la luz.

Kimmie estaba cada vez más interesada en Kristof Kaimos; pero no en el millonario del que hablaba constantemente la prensa, sino en el hombre real, el que se ocultaba bajo su caparazón. Cuanto más le contaba, más quería saber. Y no era una simple cuestión de interés personal, porque también estaba el profesional: su retrato sería mucho mejor si expresaba en él su verdadero carácter.

Mientras se acercaban al enorme garaje de la propiedad, Kimmie notó que el sol se estaba poniendo y se giró hacia el precioso cielo del oeste.

–Dios mío, no sabía que fuera tan tarde –dijo, desconcertada.

–¿Tan tarde? No me digas que te quieres acostar…

–Con lo cansada que estoy, me acostaría ahora mismo –le confesó, reprimiendo un bostezo–. Pero me gustaría ver el estudio de artistas, si no es demasiada molestia.

–No es ninguna molestia. Ven cuando quieras. Me encargaré de que alguien te acompañe.

Kimmie se sintió como si le acabara de dar una bofetada, porque ya no se quería ir. La idea de volver a su alojamiento le resultaba odiosa. No se sentía capaz de dormir en la habitación que habría compartido con su esposo si Mike no la hubiera traicionado. Y, por otra parte, se había divertido tanto con Kris que lo iba a echar de menos. Había disfrutado de su conversación y, sobre todo, de sus labios.

Al pensar en ellos, se preguntó qué habría pasado si se hubiera quedado en la gigantesca propiedad. ¿Le habría dado un casto beso de buenas noches? ¿Habría asaltado su boca apasionadamente?

Si hubiera sido sincera con ella misma, habría admitido que deseaba a Kris con toda su alma. Pero no tuvo ocasión de serlo, porque la llevó a un elegante vehículo de color negro y abrió la portezuela, invitándola a entrar.

Había llegado el momento de que volvieran a sus respectivas torres de marfil. Él, a su fabulosa casa del acantilado y ella, a su diminuto estudio.

Sin embargo, ahora sabía dos cosas: que quería verlo otra vez y que no podría verlo si no daba ella el primer paso. Pero, ¿cómo reaccionaría si se atrevía a proponérselo? Su rostro era tan impenetrable que no encontró ninguna pista en él.

Kris arrancó entonces, y Kimmie tuvo la extraña seguridad de que aquello estaba lejos de haber terminado. Como mucho, acababa de empezar.

Capítulo 5

CONTRA todo pronóstico, Kimmie durmió como un bebé. Y ella fue la primera sorprendida, porque no esperaba descansar tras un día como el anterior.

Al recordar lo sucedido, le pareció increíble que hubieran pasado cosas tan increíblemente malas e increíblemente buenas en tan poco tiempo. ¿La había besado Kristof Kaimos de verdad? ¿O solo lo había soñado? Debía de ser cierto, porque aún sentía el eco de sus labios.

¿Haría el amor con la misma mezcla maravillosa de pasión, dulzura y sensibilidad? No lo sabía, pero se había llevado una decepción cuando la llevó en coche y se portó como un perfecto caballero. Su parte más lúdica ansiaba que la introdujera en los placeres carnales, unos placeres que sus viejos temores le habían impedido disfrutar.

Lamentablemente, los conocimientos de Kimmie en materia de sexo se limitaban a los gritos que daba su madre cuando su padre la forzaba y, como seguía siendo virgen, no tenía recuerdos propios que equilibraran esa imagen. Pero estaba segura de que hacer el amor con Kris no sería una experiencia terrible, sino asombrosa.

Mientras lo pensaba, se dio cuenta de que ni siquiera se había planteado que tendría que mantener relaciones sexuales con Mike cuando aceptó su oferta de matrimonio, empujada por la euforia de su exposición. Y luego, cuando Mike intentó seducirla, ella lo rechazó con el argumento de que se quería reservar para la boda, aunque la verdad era muy diferente: que tenía miedo de acostarse con él.

Sin embargo, Kris no le daba ningún miedo. Había aparecido en el peor día de su vida y lo había convertido en el más apasionante. Solo habría sido mejor si se hubiera despedido de ella con algo más que un beso educado.

Pero había llegado el momento de regresar a la realidad, de modo que Kimmie se levantó de la cama e intentó olvidarse de Kris. Estaba convencida de que no se volverían a ver, y se alegró enormemente cuando miró por la ventana de la habitación y vio su yate en la bahía. ¿Se quedaría en su casa del acantilado? ¿O se marcharía a alguna de las muchas casas y sedes que tenía por todo el mundo?

Tras darse una ducha, se secó y se cerró la toalla alrededor del cuerpo. Sus pasos la llevaron de nuevo a la ventana, donde los pezones se le endurecieron por el simple hecho de mirar el barco de Kris y pensar en él. Echaba de menos sus besos. Echaba de menos sus manos. Le había devuelto las ganas de vivir y, por mucho que quisiera negarlo, no quería volver a su aburrida existencia anterior.

Justo entonces, se le ocurrió una idea. Ya había tomado la decisión de pintar el retrato de Kristof Kaimos, que pensaba empezar cuando regresara a

Londres; pero también estaba el asunto de la beca para artistas, y no la podría establecer si no encontraba mecenas. ¿Estaría dispuesto a patrocinarla?

Kimmie se preguntó cuál era la mejor forma de planteárselo. No quería dar la impresión de que solo le interesaba su dinero, así que consideró la posibilidad de enviarle una invitación colectiva, con diez o doce donantes más. Aunque, por otro lado, también se lo podía pedir directamente. Si es que se volvían a ver.

—Tienes muy buen aspecto esta mañana —dijo Kyria Demetriou cuando la vio entrar en el comedor—. Te brilla la cara.

Kimmie se ruborizó y se tocó la mejilla con inseguridad. ¿Le habrían irritado la piel los besos de Kris? No habría sido extraño, teniendo en cuenta que estaba sin afeitar.

—¿En serio? —replicó, intentando mantener el aplomo—. Será por tu deliciosa comida. Estaba tan buena que mis amigos no dejaron ni una miga.

Kyria la miró con sorna, como si supiera más de lo que debía saber.

—Bueno, me alegra que te encuentres mejor, porque esta noche hay una celebración en el pueblo. Es una fiesta tradicional, con música y baile —dijo—. Estoy segura de que te gustará.

—No lo dudo.

—Irá hasta el último habitante de la isla.

Kimmie guardó silencio, aunque habría dado cualquier cosa por saber si también contaba a Kris entre los habitantes de Kaimos.

—Deberías llevar tu cuaderno de bocetos —continuó Kyria.

–Bien pensado –replicó.

La perspectiva de asistir a la fiesta la animó. Sus vacaciones terminarían pronto, y no se quería ir sin empaparse antes del ambiente de la isla. Con un poco de suerte, le daría la inspiración necesaria para preparar otra exposición.

El resto del día transcurrió con una lentitud desesperante, sin que Kris hiciera acto de presencia. Sin embargo, sus amigos hicieron todo lo posible por entretenerla y, al final, ella se dejó llevar. A fin de cuentas, ¿qué posibilidades había de que el millonario griego se dejara caer por una simple fiesta de pueblo? No demasiadas.

Había llegado el momento de olvidar su aventura en Kaimos y seguir con su vida.

Kris no se la podía quitar de la cabeza. Había sido una experiencia memorable, pero eso no la convertía en candidata a ser su esposa. De hecho, si alguien le hubiera dicho dos días antes que llegaría a considerar la posibilidad de casarse con alguien como Kimmie, se lo habría tomado a broma. Apenas se conocían. Y se habían encontrado en el peor momento posible, cuando su novio la acababa de dejar plantada.

Pero no podía negar que le gustaba mucho. Tanto como para llamar por teléfono a su tío y decirle que había conocido a una mujer interesante.

–¿Interesante? –dijo Theo, súbitamente animado.

–Sí, pero no te hagas ilusiones –le advirtió.

–¿Y qué haces que no le ofreces matrimonio? –insistió su tío, inmune al desaliento.

—¿Cómo le voy a ofrecer el matrimonio? Nos conocimos ayer.

—¿Y qué?

—Que acaba de vivir una situación dramática.

Theo guardó silencio durante unos segundos, pero volvió a la carga de inmediato.

—Comprendo que te dé pena, pero los sentimientos pueden nublar el juicio de las personas —declaró—. ¿Por qué permites que se interpongan en tu camino? No es propio de ti, Kristof. Nunca habías cometido ese error.

—Tío…

—Cambia de táctica con ella —lo interrumpió—. Haz lo que sea necesario, porque quiero que me des un heredero. Gánatela con dulces palabras y regalos caros.

Kris sonrió.

—No conoces a Kimmie. El lujo no le importa.

—¿Qué es? ¿Una especie de santa? —dijo con escepticismo.

—No sé lo que será, pero sabe quién soy y no le impresiona en absoluto.

—Yo no estaría tan seguro de eso. Estará disimulando para no dar la impresión de que le interesas —afirmó.

—¿Pensaste lo mismo de mi tía cuando la conociste?

Su tío volvió a guardar silencio, y Kris supo que se había excedido con él. Theo había estado profundamente enamorado de su ya difunta esposa, y lo había estado durante más de cuarenta años. Pero, de vez en cuando, necesitaba que le recordaran una obviedad: que los demás también tenían sentimientos.

Hasta él los tenía.

Sin embargo, eso no justificaba que ofendiera a

un hombre que había hecho tanto por él, y se sintió culpable cuando cortó la comunicación. Además, la pretensión de su tío no era ningún disparate. La gente se casaba todo el tiempo por simple conveniencia y, como tampoco se trataba de un caso de amor verdadero, solo había un detalle que podía complicar las cosas: que Kimmie era una romántica.

Ahora bien, también era una mujer inteligente, capaz de reconocer una oportunidad cuando se le presentaba. Y si no podía comprarla con regalos, la compraría con afecto. Se ganaría su confianza poco a poco.

Ya estaba prácticamente decidido a verla otra vez cuando su bella cara se dibujó en su imaginación. Era toda una mujer. Extravagante, imprevisible, apasionada y tan fuerte como sensible. La vida la había tratado mal, pero ella no se rendía. Y, por si eso no fuera suficiente, la deseaba con toda su alma.

En principio, podía ser la esposa perfecta. Pero, ¿a qué precio?

Kris estaba acostumbrado a mantener relaciones puramente sexuales, y la idea de estar con una mujer todos los días, mantener conversaciones profundas y fundar una familia con ella le resultaba ajena. Él no era Theo. No sabía nada del amor.

Incómodo, olvidó el asunto y expulsó a Kimmie de sus pensamientos. Ya se preocuparía más tarde, llegado el caso.

La maravillosa tarde de verano dio paso a una puesta de sol espectacular, y Kimmie se empezó a preparar para la fiesta.

Kris no había aparecido en todo el día, y lejos de sentirse aliviada, Kimmie se sentía como si le hubieran puesto una losa en la boca del estómago. Sin embargo, esperaba animarse con la celebración. En el peor de los casos, podría despedirse de las personas a las que había invitado a la malograda boda. Sus amigos no merecían menos.

Tras ponerse un vestido blanco y unas sandalias planas, se cepilló el pelo y se lo dejó suelto. Estaba bastante enfadada, porque Mike no había tenido la decencia de disculparse con ella y darle explicaciones; pero no quería pensar en su exnovio, así que salió de la habitación con su cuaderno de bocetos, decidida a aprovechar la fiesta como fuente de inspiración.

Ya en el pasillo, le asaltó una inquietud que le encogió el corazón. ¿Qué pasaría si iba al pueblo y encontraba a Kris con otra? Por lo que sabía de él, no tendría ninguna posibilidad de estar a su altura. Sería más hermosa y refinada que ella.

Aún lo estaba pensando cuando oyó una voz que la dejó helada. Kris estaba allí, en el enorme vestíbulo del hotel de Kyria Demetriou.

Nerviosa, respiró hondo y entró en la sala, intentando convencerse de que podía afrontar cualquier tipo de situación; pero el intento saltó por los aires ante la visión del hombre que ocupaba sus pensamientos. Era tan carismático que parecía llenar todo el espacio. Y, para empeorar las cosas, sus amigos se giraron hacia ella y la miraron fijamente, como esperando a ver su reacción.

Tenía que decir algo. Tenía que hacer algo.

–Me alegro de volver a verte –dijo al fin, caminando hacia él como un personaje de *My Fair Lady*.

Kris estaba apoyado en una pared. Se había puesto unos vaqueros que le quedaban maravillosamente bien, y Kimmie lo encontró tan apetecible que ni un jarro de agua fría habría mitigado su calor. ¿Cómo podía ser tan sexy?

Al verla, él se enderezó y le salió al paso para estrecharle la mano, aumentando la excitación de Kimmie. Ya no tenía miedo al sexo. Ya no quería resistirse a la tentación. Estaba encantada ante la posibilidad de acostarse con aquel hombre grande y potente, que parecía un dios mitológico.

¿Por qué le gustaba tanto? ¿Sería por simple despecho, porque Mike la había dejado plantada y necesitaba vengarse?

Las dudas de Kimmie desaparecieron en cuanto sintió su mano. No, aquello no tenía nada que ver con el despecho. Lo deseaba de verdad. Quería que la tocara, la besara, la acariciara y le hiciera el amor.

–Yo también me alegro –replicó él.

Kimmie quería mostrarse fría y distante, pero se le quedó mirando como una tonta. Había decidido que estaba con la persona adecuada para superar su miedo al contacto físico y dejar de ser virgen. Confiaba en el, lo cual era desconcertante. Al fin y al cabo, se habían conocido el día anterior.

–¿Nos vamos? –preguntó Kris, sonriendo.

Kimmie asintió, porque lo habría acompañado a cualquier sitio. Pero no quería parecer desesperada por quedarse a solas con él, de modo que se dio la vuelta para hablar con Kyria Demetriou.

–No sabes cuánto te agradezco que nos hayas invitado a la fiesta –declaró.

–No me lo agradezcas a mí, sino a Kristof –dijo su anfitriona, sorprendiéndola–. Se ha encargado de casi todos los preparativos.

Kyria miró a Kris como una madre orgullosa, y él volvió a clavar la vista en los ojos de Kimmie, que frunció el ceño. ¿Qué era eso de que se había encargado de los preparativos? Por lo visto, estaba jugando con ella como un gato con un ratón.

–Será mejor que nos marchemos –continuó la mujer, rompiendo la tensión que se había creado entre ellos–. De lo contrario, la gente se empezará a sentar y nos quitará las mejores mesas.

Kimmie se giró hacia Kris, desconcertada. ¿Cómo era posible que el millonario local tuviera que buscarse acomodo por su cuenta? Había dado por supuesto que recibiría un tratamiento especial. Y se había equivocado, como pudo ver en la mirada de humor que le lanzó él: decía con toda claridad que ni esperaba ni quería que lo trataran mejor que a los demás.

Naturalmente, aquello hizo que Kris ganara más puntos en la escala de virtudes de Kimmie, cuyo corazón se aceleró.

–Iremos a la fiesta y nos quedaremos un rato –anunció él en voz alta, para que todo el mundo le pudiera oír–. Luego, Kimmie y yo iremos a mi casa, porque le prometí que le enseñaría el estudio de artistas.

–¿Ah, sí? –dijo ella, arqueando una ceja.

Todos guardaron silencio y, al cabo de unos segundos, uno de los amigos de Kimmie preguntó con malicia:

–¿Le vas a enseñar el estudio? ¿O la vas a estudiar a ella?

Kris, que se lo tomó sorprendentemente bien, se limitó a decir:

–Quién sabe.

Capítulo 6

KYRIA Demetriou volvió a disipar la tensión que había en el ambiente. Antes de que interviniera para recordarles que tenían prisa, todos miraban a la pareja con curiosidad; pero después olvidaron el asunto y comenzaron a salir.

–¿Me permites el honor de acompañarte al pueblo, Kyria? –preguntó Kris con caballerosidad.

–Faltaría más –respondió ella, dedicándole la mejor de sus sonrisas.

Kimmie pasó ante ellos con sus amigos y, cuando vio que Kris la miraba con sorna, sintió el deseo de desafiarlo una vez más, aunque ni siquiera sabía a qué estaba jugando. La seducción era un arte completamente nuevo para ella.

Sin embargo, no podía cometer el error de renunciar a lo que deseaba. ¿Qué iba a hacer? ¿Dejar de vivir? ¿Rendirse? Habría sido como permitir que Mike ganara la partida.

Sus amigos la rodearon al llegar a la plaza del pueblo y, además de sentir su apoyo, Kimmie también notó su evidente curiosidad por la relación que había establecido con Kristof Kaimos, toda una leyenda en la zona. A decir verdad, ella era la única que no esperaba nada de esa relación.

Al final no tuvieron ningún problema para encontrar una buena mesa. Los sentaron en la mejor del restaurante donde iban a comer, y el dueño del local se apresuró a darles la bienvenida, aunque se mostró especialmente cordial con Kris.

–Creo que esto es tuyo –dijo Kyria, dándole su cuaderno de bocetos–. Te has quedado tan sorprendida al ver a Kristof que te lo has dejado en el hotel, y me ha parecido que lo ibas a necesitar. Esta noche vas a asistir a una fusión de la vida y el arte.

Kimmie se preguntó qué habría querido decir con eso.

–Pinta todo lo que veas –le aconsejó su anfitriona–. Estoy segura de que sacarás material para hacer otra exposición. Y no te preocupes por lo que te ha pasado, querida. La vida sigue.

Al oír las palabras de Kyria Demetriou, Kimmie supo que no recordaría la isla de Kaimos con amargura, sino con un profundo afecto que, por otra parte, intentaría plasmar en sus nuevas obras.

–No permitas que nadie te robe tus sueños –prosiguió Kyria–. Además, todo lo que quieras de Kaimos será tuyo, porque lo puedes pintar y atesorarlo en tu corazón.

–Tienes razón –dijo a su amiga.

Momentos después, Kimmie abrió el cuaderno y empezó a dibujar, haciendo lo posible por plasmar el color, el ambiente, la luz y la camaradería que inundaban el pueblo entre música y platos de comida.

–¿Ya estás trabajando?

Al oír la pregunta de Kris, que se detuvo súbitamente a su lado, ella se estremeció.

–Ah, hola. No te había visto –dijo, mirándolo a los ojos.

Kris se sentó enfrente y echó un vistazo a su cuaderno.

–Eres buena. Muy buena.

Ella soltó una carcajada.

–¿Cómo puedes saberlo? Los estás mirando al revés.

–Ahora, sí; pero he estado diez minutos detrás de ti y los he visto al derecho –dijo con humor–. Estabas tan absorta en tus dibujos que ni siquiera lo has notado. No sé si debería sentirme ofendido.

–No te estaba ninguneando –le aseguró–. De hecho, tengo intención de dibujarte también a ti, aunque tendrás que esperar un poco. Esta escena es sencillamente maravillosa. No me quiero perder nada.

–¿Y qué te hace creer que estoy dispuesto a esperar?

Kris volvió a sonreír, y ella pensó que tenía la sonrisa más sexy que había visto en su vida. Luego, él se giró para saludar brevemente a un amigo y, al contemplar su perfil, Kimmie se preguntó si sería capaz de reflejar en un cuadro su increíble estructura ósea, sus expresivos ojos y su sensual boca.

–¿Te encuentras bien? –dijo él.

Kimmie se dio cuenta de que se lo había preguntado porque estaba frunciendo el ceño, y se sintió profundamente querida. Había tenido una infancia difícil, y no estaba acostumbrado a que se preocuparan por ella.

–Sí, por supuesto –contestó–. Es que quiero plasmarlo todo antes de que se me olvide.

Kris se inclinó hacia delante y miró lo que estaba esbozando en ese momento.

–Vaya, esa mujer te está quedando tan realista que casi puedo saber lo que está pensando –comentó.

–¿Ah, sí? ¿Y qué está pensando?

–Que le gustaría quedarse toda la noche con su marido y tener una velada romántica. Pero quiere que sus hijos se diviertan, y no sabe cómo combinar lo uno y lo otro.

–Qué curioso. Es lo mismo que he pensado yo cuando la he empezado a dibujar –le confesó.

–Pues lo estás expresando magníficamente.

–Gracias.

Kimmie quiso decir algo más, pero la mirada de Kris y su cercanía física la estaban volviendo loca de deseo, y optó por guardar silencio. Tenía miedo de pronunciar alguna palabra de la que se pudiera arrepentir.

–Fíjate en ese hombre –dijo Kris, señalando el otro lado de la plaza–. Está desesperado por vender sus tartas para cerrar el puesto y divertirse un poco.

–Es cierto –declaró ella–. Veo que tienes ojo con la gente.

–¿Cómo no lo voy a tener? Es esencial en mi trabajo.

Kimmie lo volvió a mirar los ojos, y él se sintió como si la música y las voces se hubieran apagado de repente y no hubiera nadie más en todo el pueblo.

–Bueno, ¿qué te parece lo que he dibujado hasta ahora?

–Me parece que estás en un cruce de caminos.

Ella arqueó una ceja.

—No sé si te entiendo...

—Creo que me entiendes perfectamente. Estás en un punto crucial de tu vida, y las circunstancias te empujan en direcciones distintas.

—Deberías dejar el mundo de los negocios y pasarte al de la hechicería. Estoy por regalarte una bola de cristal —se burló.

Kris ya se disponía a replicar cuando alguien llamó su atención y se apartó de ella. Kimmie se sintió como si le hubieran quitado un peso de encima, porque no estaba preparada para someterse al escrutinio de un hombre como él. Pero lo echó de menos inmediatamente, y lo extrañó mucho más cuando los camareros empezaron a pasar platos de comida. Con el revuelo que se había montado, no tenía ninguna posibilidad de hablar con él.

Sin embargo, eso no era lo peor. Kris se había sentado tan cerca de ella que sus piernas se rozaban por debajo de la mesa, y tuvo que hacer verdaderos esfuerzos por mantener el aplomo durante la comida.

Por fin, él dejó de hablar con las personas que se acercaban a saludarlo y se giró hacia ella.

—Discúlpame —dijo.

—¿Por qué?

—Por no haberte prestado atención. Llevaba mucho tiempo sin venir a la isla, y la gente quiere hablar conmigo.

—No te preocupes. Estaba tan hambrienta que no lo he notado —mintió.

—Claro que lo has notado.

Ella se encogió de hombros, se limpió las manos con la servilleta y alcanzó otra vez su cuaderno.

Luego, lo abrió y se quedó mirando a Kris con el lápiz en la mano.

—¿Por qué no dibujas? —se interesó él.

—Porque antes tengo que estudiarte.

Kimmie se preguntó a quién intentaba engañar. No tenía ninguna necesidad de estudiar el rostro de Kris. Ya lo conocía a la perfección.

—¿Qué ves cuando me miras? Además de mis ojeras, por supuesto —bromeó él.

—Te gustaría saberlo, ¿verdad? —dijo ella con una sonrisa—. Bueno, ya lo verás en su momento. Mi obra revelará al verdadero Kristof Kaimos.

—¿Debería preocuparme?

—Yo diría que sí.

—Estoy ansioso por ver el resultado.

—Tú y el resto del mundo, espero.

Kimmie lo dijo sin arrogancia alguna, porque la pintura era su vida y su mayor fortaleza. En cuanto tomaba un pincel, su inseguridad desaparecía. Confiaba en su trabajo y sabía que, cuando estuviera terminado, expresaría lo que intentaba plasmar y mucho más. En cierto modo, era como las relaciones personales, que se creaban a partir de toda una serie de actos y consecuencias y florecían o se hundían en función de quién manejara el pincel.

Además, su ruptura con Mike había cambiado su forma de ver las cosas. A partir de entonces, ya no pintaría de forma indisciplinada. Aprovecharía la decepción que se había llevado para concentrarse en su vocación y pintar una serie nueva, empezando de cero.

—No me malinterpretes —continuó ella, dibujando

la mandíbula de Kris–. No venderé ninguna imagen tuya sin tu permiso. Y, si por fin me lo das, los beneficios irán directamente a las becas de las que te hablé.

–Ah, sí, las becas para jóvenes artistas…

–Exacto.

Minutos después, ella dejó de dibujar y dijo:

–¿Quieres verlo?

–Por supuesto.

Kimmie le enseñó el cuaderno.

–Vaya, no tienes intención de halagarme, ¿eh? –comentó él.

–Claro que no. Te he dibujado como te veo ahora mismo.

–Duro, de mirada penetrante y sin sentido del humor –dijo Kris, frunciendo el ceño–. No eres precisamente diplomática.

–La cautela es tan aburrida en el arte como en la vida –se defendió ella–. Además, ¿cómo sé que los destellos de humor que tienen de vez en cuando tus ojos no son un truco para engañar a tus víctimas?

–¿Mis víctimas?

–Bueno, puede que haya exagerado un poco, pero te advertí que intentaría plasmar la realidad –respondió–. ¿O prefieres que la suavice?

Kris alzó las manos en gesto de rendición.

–Haz lo que debas.

–Creo que convertiré estos dibujos en cuadros.

–Me alegro. Estoy deseando verlos.

–Y los pintaré por una buena causa –le recordó.

–¿No sería mejor que te quedaras con los beneficios de la venta?

Ella volvió a reír.

—Eres todo un hombre de negocios.

—Eso espero.

—Y esa es la diferencia principal entre nosotros. Tú eres práctico y yo, poco práctica.

—¿Ah, sí? Pues tenía entendido que querías dejar los aspectos económicos de tu negocio en manos de otra persona.

Kimmie supo en ese momento que Kris estaba enterado de su intención de dejar esos aspectos en manos de Mike, intención que había saltado por los aires tras la suspensión de la boda. Y solo había una persona que se lo hubiera podido decir.

—¿Qué más te ha contado Kyria? –le preguntó.

—Kyria no me ha dicho nada. Soy de los que investigan por su cuenta.

—Oh, Dios mío —dijo ella, alzando la vista al cielo—. Prefiero no preguntar.

Kris se encogió de hombros.

—En cualquier caso, deberías seguir mi consejo.

—Mira, aunque tus retratos se vendieran por una millonada, no me abrirían las puertas de los palacios de Londres. Apenas me abrirían la de un cobertizo.

—¿Tan poco valgo?

—El mundo de la pintura es complicado, Kris. Es posible que el éxito de mi exposición anterior haya sido pasajero, y que mis diez minutos de fama hayan pasado —respondió ella—. Solo saldré de dudas cuando organice la siguiente exposición, si es que encuentro una galería que esté interesada.

—¿No puedes pagar a alguien para que exponga tus cuadros?

–Eso es más o menos lo que hago. El galerista se lleva una comisión de cada obra vendida. Pero eso no quiere decir que esté interesado en otra exposición –le explicó–. Lo creas o no, el dinero no lo compra todo.

–¿Y cómo vas a sobrevivir? Por lo que me dijiste en la playa, deduzco que invertiste casi todo tu dinero en la boda.

–En una boda que no se llegó a celebrar –le recordó–. Y sí, es cierto que ahora parece una estupidez, pero es como aquel dicho... si del cielo te caen limones, aprende a hacer limonada.

–Una buena actitud –comentó él.

–Sí, aunque a veces no es fácil –admitió–. Y, en cuanto al dinero, no te preocupes. Tengo lo suficiente para vivir hasta la próxima exposición.

–Bueno, yo diría que tienes una idea bastante clara de lo que quieres y de la forma de conseguirlo. Además, todo el mundo sufre reveses. El truco consiste en recuperarse, y yo creo en ti –afirmó Kris mientras ella cerraba el cuaderno–. Y ahora, ¿qué te parece si dejamos la conversación para otro momento y bailamos un rato?

Kimmie tenía que tomar muchas decisiones en lo tocante a Kris. Seguía sin saber si lo deseaba de verdad o si solo lo estaba utilizando para recuperarse del chasco de Mike. Pero su antigua timidez había desaparecido por completo, así que se levantó y se dejó llevar cuando él la tomó entre sus brazos.

Capítulo 7

KRIS era consciente de lo que habría dicho su tío si hubiera estado allí. Kimmie necesitaba un patrocinador y él, una esposa. Si se casaban, ella tendría dinero más que suficiente para su programa de becas y él, un heredero. Pero Kris no quería conquistarla de ese modo: quería que acudiera a él por voluntad propia.

Además, el simple hecho de tomarla entre sus brazos y sacarla a bailar le demostró que las cosas no eran tan sencillas. De repente, sentía el deseo de sentar la cabeza y fundar una familia, algo tan desconcertante para él como difícil de conseguir, teniendo en cuenta que Kimmie era una mujer muy independiente. ¿Qué pasaría si se casaban? Su vida estaba llena de obligaciones que la forzarían a cambiar su forma de vivir.

Mientras reflexionaba sobre ello, Kimmie lo miró a los ojos como si hubiera adivinado sus pensamientos. Kris la abrazó con más fuerza, y ella soltó un suspiro que no dejaba lugar a dudas: sabía que aquello podía ser el preludio de una relación sexual. ¿Habría tomado la decisión de acostarse con él?

Fuera como fuera, el suspiro de Kimmie hizo que se replanteara el asunto. Al fin y al cabo, el apellido Kaimos abría muchas puertas. Si se convertía en su esposa, Kimmie podría financiar tantas becas para artistas como quisiera. ¿Por qué no casarse entonces? El matrimonio era una opción perfecta para los dos. Todo eran ventajas y, en principio, sin ningún inconveniente.

Al sentir el contacto de las manos de Kris, Kimmie tuvo la impresión de que ascendía a los cielos en un globo aerostático. Jamás había sido tan consciente de nadie. Nadie se había ganado su atención de un modo tan absoluto. No se parecía nada a su experiencia con Mike, quien siempre le hacía sentirse como si le estuviera haciendo un favor cuando la tocaba. Y, en su ingenuidad, había llegado a creer que efectivamente le estaba haciendo un favor.

—¿Qué estás pensando? –le preguntó Kris.

—No lo quieres saber.

—Puede que sí.

—Bueno, se podría decir que estaba pensando en la fase más cándida de mi vida.

—¿Y en qué fase estás ahora?

—En la de pasar de la sartén al fuego –ironizó.

Kris soltó una carcajada, y ella se sintió más querida y más a salvo que en toda su vida.

—¿Ya has disfrutado bastante de la fiesta? –dijo él–. ¿Quieres que nos marchemos?

—¿Cómo? –replicó ella, sumida en las tentadoras sensaciones que la dominaban.

—Que si quieres que nos marchemos –repitió.

—Oh, lo siento, no te había oído –le confesó–. Me había ido a mi mundo interior.

—¿Puedo irme contigo?

Kimmie contempló sus expresivos ojos y sonrió sin poder evitarlo. Solo había pasado un día desde que su novio la había traicionado, y ya estaba dispuesta a meterse en otro lío, que sería indiscutiblemente mayor. ¿Estaría pecando de ingenua otra vez? Quizá, pero Kris ya no le parecía un hombre duro e implacable, sino cariñoso y comprensivo.

Kris la llevó a la casa del acantilado y, durante el trayecto, se dio cuenta de que la opinión de Kimmie había influido en su forma de ver la propiedad.

Hasta entonces, nunca había tenido quejas sobre sus casas. Cuando necesitaba una, hablaba con sus agentes, les daba las instrucciones necesarias y dejaba el asunto en sus manos. No necesitaba nada más. Pero era obvio que Kimmie no estaba de acuerdo. Donde él veía una mansión perfecta para vivir, ella veía un lugar frío y estéril.

Ahora bien, ¿sería capaz de permitirle que cambiara la decoración? ¿Quería que la cambiara, en el caso de que estuviera dispuesta a hacerlo?

—Esta vez lo voy a ver todo, hasta la última de las habitaciones —declaró Kimmie.

—Dios mío, estoy temblando.

—No tienes motivos. Estoy segura de que las encontraré tan fantásticas como ayer.

—¿Fantásticas? Dijiste que es una casa demasiado grande para una sola persona.

—¿En serio? ¿Yo dije eso? —preguntó con sorna—. Qué desconsiderada soy.

Kris sonrió sin apartar la vista de la carretera, y ella admiró su puerto privado, donde varias embarcaciones se mecían suavemente.

—Es impresionante —dijo ella.

—¿Tanto como para pintarlo?

—Bueno, no sé si estaré el tiempo suficiente —respondió—. Pero, en cualquier caso, prefiero pintarte antes.

—Vaya, es la primera vez que una mujer me dice eso.

—Sinceramente, no quiero saber nada de las mujeres con las que has estado.

—Está bien, no lo sabrás —dijo Kris, sin dejar de sonreír—. ¿Ya tienes todos los bocetos que necesitas para pintarme?

—No, todavía no. Tengo que verte desde todos los ángulos posibles, vestido y desnudo —le confesó.

Kris se quedó sorprendido.

—¿Desnudo?

—¿Por qué no? —dijo con naturalidad—. No se puede juzgar un libro por la portada. Hay que abrirlo.

—Puede que descubras más de lo que esperas —le advirtió él.

Ella se encogió de hombros.

—Estoy dispuesta a correr el riesgo, aunque es importante que entiendas una cosa… Puede que sea una mujer inexperta en lo tocante al amor, pero no lo soy en lo tocante al arte. Como pintora, he visto todo lo que se puede ver del cuerpo masculino. Pinté a muchos modelos cuando estudiaba Bellas Artes.

—No lo dudo.

Kris guardó silencio durante unos segundos y añadió:

–Aún estás a tiempo de que te lleve a tu hotel. Pero tienes que decirlo ahora, porque después será demasiado tarde.

–¿Quieres que me vaya?

–No, quiero nadar.

–¿Nadar? –preguntó, mirándolo con desconcierto.

–Sí, necesito refrescarme un poco, si no te importa.

–Por supuesto que no, pero pensaba que me ibas a enseñar el estudio.

–Te lo enseñaré más tarde. Tenemos tiempo de sobra.

–Pues te lo agradezco mucho. Una observadora profesional tiene que ver dónde y cómo vive la gente. Cuanto más sepa de ti, mejor será tu retrato.

–Olvídate de eso… Píntame cuando esté nadando. Te dirá todo lo que necesitas saber sobre mí –afirmó Kris.

–¿Potencia y resolución? ¿Llegar a un objetivo a toda velocidad y recto como una flecha? –dijo ella.

–No se consigue siempre –comentó él, pensando precisamente en ella–. ¿Quieres bañarte conmigo?

–No tengo bañador.

–Ni yo.

–¿Qué me estás proponiendo, Kris Kaimos? –preguntó Kimmie, fingiéndose ofendida.

–Una de tus clases de Bellas Artes –respondió con humor.

La contestación de Kris la dejó sin habla, y no dijo más hasta que llegaron a la piscina, donde se relajó un poco. La iluminación era perfecta. Podría nadar desnuda y ver con toda claridad, pero al abrigo de no pocas sombras.

—Eres un hombre muy afortunado —le dijo—. ¿Te importa que pinte este lugar cuando vuelva a casa? Si no te parece bien, lo entenderé perfectamente. Es tu casa, y tienes derecho a tu intimidad.

—Sí, la intimidad es sagrada para mí —admitió—, pero el mundo está lleno de sitios tan aislados como este. Supongo que puedes captarlo todo sin necesidad de revelar la localización.

—Crees que entiendes el proceso, ¿verdad?

—Te entiendo a ti, que no es lo mismo.

—¿Tú crees? —preguntó, mirándolo con intensidad.

—Bueno, quizá no te entienda todavía, pero te estoy empezando a entender —puntualizó Kris—. Tú no pintas cuadros para ganar dinero, como hacen otros pintores. Aunque yo preferiría que lo hicieras por motivos egoístas.

—No me puedes cambiar, Kris.

—Ni lo pretendo.

—Además, lo que dices no es del todo cierto. Si mis cuadros de Kaimos se venden bien, conseguiré mucha publicidad.

—Una publicidad que mereces.

—¿Cómo lo sabes? Deberías esperar a ver el resultado —le aconsejó ella—. Puede que mi obra te parezca una basura.

—No lo creo, pero estaré encantado de verlo, porque implica que también te veré a ti.

—No necesariamente. Puedes ir a una exposición y no encontrarte con el artista.

Kris sonrió. Kimmie parecía empeñada en demostrar que era una mujer independiente y que podía hacer lo que quisiera, cosa que comprendía. Había tenido una infancia difícil y se había comprometido con el hombre equivocado. No era extraño que el arte se hubiera convertido en el centro de su existencia.

—¿Tienes algún sitio en mente para hacer la exposición? —se interesó.

—No, pero encontraré algo, aunque sea en un pueblo. La galería donde presenté la anterior tiene tanto éxito que hace su programación con varios meses de adelanto y, para empeorar las cosas, dudo que quieran una serie de obras sobre una isla griega. Les gustan los temas más oscuros, más dramáticos... Por eso me apoyaron la última vez, porque era una reflexión sobre mi infancia.

—¿Una reflexión oscura?

—Oscura y desalentadora, a decir verdad —respondió—, aunque para mí fue terapéutica. Pude visitar los rincones más oscuros de mi mente, plasmarlos en los lienzos y enseñárselos al mundo. Y debió de gustar, porque vendí todos los cuadros. Quién sabe si conseguiré lo mismo con una colección llena de luz. Puede que no resulte tan comercial.

—No lo sabrás si no lo intentas.

—Cierto, y estoy decidida a que esas obras estén llenas de felicidad. La vida es demasiado dura para estar mirando constantemente su lado sombrío.

Kimmie sonrió, y Kris pensó que cuanto más sabía de ella, más la deseaba. De hecho, la deseaba tanto que necesitaba un chapuzón con urgencia. Con un poco de suerte, el agua enfriaría su pasión.

—Bueno, es hora de nadar.

Kimmie se dijo que hablar con Kris era increíblemente fácil. Demasiado fácil, quizá. Un hombre con tanto éxito como él no podía ser un hombre sencillo; pero, si no lo era, ¿por qué dedicaba tanto tiempo a una incipiente y poco conocida artista? ¿Solo quería acostarse con ella? Y, si ese era su objetivo, ¿estaba dispuesta a seguir adelante?

—Muy bien, nadaremos primero y exploraremos después —dijo ella—. Por qué no.

Kris se llevó las manos al dobladillo de su camiseta y se la sacó por encima de la cabeza, mostrándole su impresionante torso.

—Tu turno —dijo él, quitándose los vaqueros.

Al ver su cuerpo desnudo, Kimmie tragó saliva. Era una maravilla de hombre. Lo era tanto que no se creyó capaz de plasmar su perfección en un cuadro.

—¿Ocurre algo? —preguntó Kris.

Kimmie lo miró de forma extraña, y él se sintió ligeramente ofendido.

—¿Te estás riendo de mí?

—No, en absoluto. Me estoy riendo de mí misma, porque la idea de desnudarme delante de ti me desconcierta.

—Bueno, no vamos a posar para ningún cuadro. Nos meteremos en el agua, así que no habrá mucho que ver.

–No, pero desnudarme no me resulta tan fácil como a ti –le confesó.

–Llevas ropa interior, ¿no?

–Eso no es asunto tuyo.

–Lo será enseguida –replicó, sonriendo.

Sus blancos dientes brillaron a la luz de la luna, y Kimmie se quitó el vestido con toda naturalidad. A fin de cuentas, sus braguitas eran tan conservadoras que tapaban más que la parte inferior de un bikini. Pero tendría que ser cuidadosa con sus propias miradas, porque los ojos se le iban constantemente a la entrepierna de Kris.

Tras fracasar de nuevo en tal sentido, él sonrió con picardía y preguntó:

–¿Qué estás haciendo? ¿Grabarlo todo en tu memoria para analizarlo más tarde?

–Por supuesto. Los detalles son importantes –respondió ella en tono de broma.

–Eso es cierto.

–Aunque también puedo pasar a la acción…

Kimmie se abalanzó sobre él con intención de tirarlo a la piscina, pero su presa era bastante más rápida que ella, y el fracaso fue absoluto.

–Ah, quieres jugar –dijo él, con voz amenazadora.

Kris avanzó hacia Kimmie, que alzó las manos y retrocedió.

–No, por favor, no me tires al agua –le rogó.

–Hoy no es tu día de suerte, ¿verdad?

Él la tomó entre sus fuertes brazos y se lanzó a la piscina con ella. Kimmie soltó un grito y, un momento después, Kris asaltó su boca.

El calor de sus labios, el frío del agua y los suaves

y duros contactos de sus respectivos cuerpos formaron una combinación tan abrumadora que los sentidos de Kimmie se volvieron más receptivos que nunca.

De repente, todo tenía sentido. El mundo se había reducido a las manos de Kris y las caricias de su lengua. Y Kimmie no pudo hacer otra cosa que pasarle los brazos alrededor del cuello, cerrar las piernas sobre su cintura y besarlo a su vez.

Capítulo 8

CUANDO Kris se apartó, ella estaba sin aliento.

—No vuelvas a hacer eso —dijo Kimmie—. No nado tan bien como tú.

—Está bien, no te volveré a besar.

—Me refería a lo de tirarme al agua. Lo sabes de sobra.

Él sonrió.

—No sé por qué te preocupas. Si tuvieras algún problema, te salvaría.

—No necesito que me salven.

—¿Ah, no?

Kris la besó de nuevo, demostrándole lo equivocada que estaba, y Kimmie pensó que la había salvado de toda una vida de represión emocional. Los abusos que había sufrido su madre la habían llevado a tener miedo del sexo, pero Kris había eliminado sus temores en solo un par de días.

Ya no tenía dudas. Quería hacer el amor, y que aquella noche fuera inolvidable. Sabía que la experiencia curaría sus heridas, resultaría placentera y le permitiría saborear brevemente la sensación de fundirse con alguien y volver a confiar. Quizá fuera una ilusión, pero estaba tan decidida a disfrutar de ella que se frotó contra él sin vergüenza alguna.

—Eres una libertina —susurró Kris con humor—. Y estás muy provocadora con esas braguitas de puritana.

Él la acarició entre las piernas, y ella soltó un gemido de placer.

—¿Te gusta? —continuó Kris.

A Kimmie le pareció asombroso que se lo preguntara, porque la reacción de su cuerpo era de lo más explícita.

—No imaginas cuánto.

—Yo creo que sí.

Kris insistió en sus caricias, y Kimmie le dejó hacer, encantada. Llevaba mucho tiempo esperando ese momento.

—¿Estás segura de que quieres seguir adelante?

—¿Es que tengo elección?

—Por supuesto.

—Entonces, elijo esto.

Kimmie bajó una mano con intención de bajarse las braguitas, pero él se le adelantó y, tras quitárselas rápidamente, la volvió a besar.

—¿Quieres más? —preguntó segundos más tarde.

—Oh, sí, por favor.

Kris le acarició los senos, endureciéndole los pezones. Y Kimmie, que estaba lejos de tener lo que quería, separó las piernas con timidez.

—Relájate —dijo él—. No dejaré que te hundas, *agape mou*.

Kimmie abrió completamente las piernas y las volvió a cerrar sobre su cintura.

—Así está bien —prosiguió Kris—. Pero tendrás que prepararte para lo que va a pasar.

–No tengo ninguna duda –replicó ella, permitiendo que la masturbara suavemente–. ¿Cómo es posible que siempre sepas lo que necesito?

–Lo sé por tus propias reacciones. Tu cuerpo me da todo tipo de pistas. Por ejemplo, te estremeciste cuando te toqué por primera vez.

–Eso no significa necesariamente nada –declaró ella, frunciendo el ceño.

–No, pero también está mi intuición.

Kris concentró sus atenciones en el punto más sensible del sexo de Kimmie, quien gimió una vez más.

–No pares…

Kris no se paró, aunque eso no impidió que preguntara:

–¿Eres virgen?

–¿Te importa que lo sea? –replicó, estremecida.

–Claro que sí. Claro que me importa –afirmó él, besando sus labios–. ¿Y a ti?

–Oh, ten piedad de mí. No puedes tomarme el pelo constantemente.

–Por supuesto que puedo –dijo con una sonrisa.

Los dulces gemidos de Kimmie y el suave sonido del agua estaban convirtiendo su encuentro amoroso en el más romántico que había vivido Kris. Nunca había estado tan excitado, ni había sonreído tantas veces. De hecho, quería hacer bastante más que dar placer a su inexperta acompañante: quería que se sintiera segura, y que su despertar sexual fuera tan satisfactorio como revelador.

–Bésame, tócame –insistió ella, al borde del orgasmo–. Necesito más, quiero más… ¿o es que tú no quieres?

–¿Que si no quiero? –dijo Kris, mirándola con incredulidad–. Te deseo con toda mi alma, Kimmie.

–Y yo a ti.

–Pero no quiero acelerar las cosas.

–¿Por qué no?

Desesperada, Kimmie apretó la cadera contra sus dedos y se frotó contra ellos hasta que el orgasmo dejó de ser un horizonte cercano y se transformó en una potente y avasalladora realidad.

Luego, esperó a que el eco del placer se apagara y dijo:

–Tómame.

–De ninguna manera –replicó con otra sonrisa–. Tendrás que ser paciente, porque esto va a llevar mucho tiempo y una cantidad considerable de placer.

–¿Y si no quiero ser paciente?

–En ese caso, tendré que castigarte.

–Oh, sí…

–Oh, no, porque el castigo consistiría en negarte el placer.

–¡No te atreverás!

Kimmie se volvió a frotar contra él, y Kris comentó:

–Vaya, parece que quieres más.

–¿Solo lo parece?

Kris inclinó la cabeza y frotó sus labios contra los de Kimmie mientras volvía a llevar una mano a su sexo. Pero, esta vez, ella apresó sus dedos y le enseñó lo que quería y cómo lo quería con toda exactitud.

Él tomó nota y le dio inmediata satisfacción, sin dejar de besarla. De vez en cuando, se apartaba lo justo para susurrar palabras de ánimo o simplemente tórridas que aumentaban la excitación de Kimmie. Y habría alcanzado otro orgasmo si Kris no se hubiera detenido en el último momento.

—Y ahora, te haré esperar —anunció.

—¡No! —rogó ella.

—Si quieres que siga, tendrás que decirme lo que quieres.

—Te quiero a ti. Quiero esto. Te quiero dentro.

—Ah, lo quieres todo.

—¡Sí!

Kris la tomó en brazos, la sacó del agua y, tras dejarla en el suelo, se puso detrás de ella, se apretó contra sus nalgas y cerró las manos sobre sus senos.

Kimmie pensó que aquel hombre era todo lo que necesitaba para olvidar el pasado y empezar una vida nueva. No le estaba dando una simple relación sexual, sino algo más importante: la salvación.

—¿Te gusta? —preguntó él, besando su cuello.

Kimmie asintió, y Kris bajó una mano y acarició su clítoris. Estaba tan húmeda como fuera de sí, pero reprimió el impulso de soltar un grito de placer porque no quería que el sonido rompiera el hechizo.

Sin embargo, eso cambió al cabo de unos instantes, cuando se dio cuenta de que Kris seguía empeñado en jugar con ella.

—Por favor, no me hagas esperar.

—Te tomaré cuando yo lo diga, y no antes.

Kimmie suspiró y le dejó hacer. Al menos, ahora sabía lo que iba a pasar, y también sabía que sería maravilloso.

—Necesitabas esto, ¿verdad? —dijo él, aplicando más presión a sus caricias.

—Sí, desde luego que sí —acertó a responder, nuevamente al borde del clímax—. ¡Tómame! ¡Tómame ya!

—No. Te acabo de decir que te tomaré cuando yo quiera.

—¡Oh, por favor!

—No tengas tanta prisa —le aconsejó con el más tranquilo de los tonos—. Si esperas, el placer será mucho mayor.

—No, no puedo esperar más —replicó, exasperada.

—Pues esperarás.

—No puedo —repitió ella.

—Entonces, dejaré de acariciarte.

—¡Te odio!

—No es verdad.

Kris siguió con su arrebatadora tortura hasta que Kimmie volvió a caer en las negras y aterciopeladas profundidades del orgasmo. Solo entonces, cerró las manos sobre sus caderas y dijo:

—Ahora te daré tu recompensa.

Y se la dio. La masturbó de un modo tan feroz y apasionado que Kimmie tuvo miedo de que se oyeran sus gritos hasta en el pueblo. Pero no le importó. El placer la había reducido a un abrumador conjunto de pulsiones y necesidades primarias. No recordaba ni su propio nombre. Y, cuando recuperó la capacidad de pensar, solo quiso una cosa: repetir la experiencia.

Kris se sentía eufórico. Por fin, después de tanto tiempo, había encontrado a una mujer tan entregada como él. Pero lo que más le gustaba de ella no era su energía, sino su extraordinaria mezcla de inocencia y pasión.

Kimmie había logrado que se sintiera querido, algo completamente nuevo para él. Había mantenido muchas relaciones sexuales a lo largo de los años, pero aquello era tan diferente que su satisfacción personal le importaba menos que la felicidad de su amante. Y, como sabía que solo estaban empezando, que quedaba todo un mundo por descubrir, había decidido tomárselo con calma.

—¿Quieres una toalla? —le preguntó, aún en la piscina.

—Sí, por favor.

Kris se acercó a Kimmie y se la puso por encima de los hombros.

—Nos daremos una ducha caliente en la casa.

—¿Y seguiremos después con el *tour*?

—Si las piernas te sostienen, sí —bromeó.

—Pues, si no me sostienen, sería culpa tuya —dijo, sonriendo.

Al ver que Kimmie alcanzaba otra toalla y se envolvía con las dos como si fuera una momia egipcia, Kris le quitó la segunda y dijo, dándole un beso en el cuello:

—No te tapes así. Eres preciosa, y no has hecho nada malo.

—¿Preciosa? —dijo ella con una mirada de inseguridad.

—Sí, preciosa.

—Gracias.

Kris la llevó hacia la casa y, mientras caminaban, ella preguntó:

–¿Te enfadarías si te dijera que te he estado utilizando para olvidarme de Mike?

–¿Me has estado utilizando?

–Sí, aunque no era consciente de ello. Pero aún no has contestado a mi pregunta.

–¿Tú has visto que me queje?

Kimmie sonrió, agradecida.

–¿Siempre consigues que la gente se sienta bien?

–No, no siempre –admitió él.

Ella se estremeció levemente, y manifestó su deseo de darse una ducha y terminar de ver la casa. Pero los deseos de Kris marchaban por un camino distinto.

Casarse con Kimmie ya no le parecía una locura, sino una opción razonable. La vida le había enseñado que debía aprovechar las oportunidades y, aunque sus respectivas carreras los esclavizaban bastante, estaba seguro de que encontrarían la forma de compaginar trabajo y matrimonio.

Naturalmente, ella tendría todo lo que pudiera necesitar. Y, cuando se quedara embarazada, contaría con toda la ayuda disponible, desde niñeras profesionales hasta una casa distinta, si prefería vivir en otro lugar. A fin de cuentas, el dinero no era un problema para él.

Entonces, ¿qué impedía que se casaran? En principio, nada en absoluto.

Capítulo 9

AL ENTRAR en la casa, Kris la tomó en brazos y la llevó por una impresionante escalera de paredes blancas, decorada con obras de arte moderno.

—¡Lo vamos a mojar todo! —protestó ella, goteando.

—¿Y quién nos lo puede impedir?

Una vez arriba, la pulida tarima del piso inferior dio paso a un suelo de alfombras tan gruesas que ni siquiera se oían sus pasos. La luz era más leve, y Kimmie supo que estaban en la zona de los dormitorios.

—¿Qué estás pensando? —preguntó él—. ¿Has cambiado de idea?

—No.

Kris asintió y abrió la puerta de lo que parecía ser la suite de un hotel asombrosamente lujoso. Kimmie pensó que era demasiado impersonal, pero dejó de pensar cuando él la dejó delante de una cama gigantesca y se quitó la toalla que llevaba a la cintura, quedándose desnudo.

—¿Qué ha pasado con la ducha y el *tour*? —dijo ella.

—Que estás terriblemente tentadora.

Kimmie lo miró a los ojos, presa una vez más de sus dudas.

—¿Qué es esto para ti, Kris? ¿Un simple caso de pasión sexual? —preguntó—. ¿O se trata de otra cosa?

—¿A qué te refieres?

—Puede que solo quieras hacer otra muesca en el cabecero de tu cama.

—Oh, por Dios —dijo él—. Tienes una mente tan imaginativa como desconfiada.

—Pues Kyria Demetriou dice que soy demasiado confiada.

—Y Kyria siempre tiene razón, ¿verdad?

—Sí.

—¿Qué te ha dicho de mí?

—Que eres el ser más maravilloso de la Tierra. Esa mujer te adora.

Kris soltó una carcajada.

—Ha intentado convencerme de que no todos los hombres son malos —continuó ella.

—¿Creías que lo son?

En lugar de contestar a su pregunta, Kimmie le dio la espalda, miró el techo y dijo:

—¿Sabes lo que necesito ahora? Un abrazo. A veces, es lo único que se necesita.

Él no se hizo de rogar, y le dio un abrazo tan cariñoso que Kimmie se atrevió a seguir hablando de sus conversaciones con Kyria.

—Me ha dicho que tengo que dar otra oportunidad a los hombres, y que no puedo permitir que la experiencia con Mike me amargue la vida.

—Bueno, no estoy seguro de merecer el honor de tu confianza, pero reconozco que me haces feliz.

—¿En serio?

—En serio.

Kris le dio un beso en la frente y, al ver que ella cruzaba los brazos sobre el pecho, dijo:

–Deja de taparte todo el tiempo. Deberías estar orgullosa de tu cuerpo.

–Pues no lo estoy.

–¿Por qué, si eres preciosa? –alegó él–. Te preocupas sin motivo.

–Quizá, porque no entiendo que quieras estar conmigo. Tengo la impresión de que estás buscando algo más.

Kris sacudió la cabeza y le dio un beso en los labios.

–Eres muy desconfiada, Kimmie.

–La vida me ha hecho así y, además, las cosas van demasiado deprisa entre nosotros.

–Van deprisa porque los dos lo queremos.

–Eso es verdad. Pero yo no soy la mujer más atractiva de mi grupo de amigos. ¿Por qué me elegiste a mí?

Él se encogió de hombros.

–No lo sé. Supongo que las cosas del amor son inexplicables.

Kimmie sonrió.

–Entonces, ¿no eres un cazafortunas que se ha sentido atraído por mi éxito profesional?

Kris soltó una carcajada.

–No, desde luego que no. Pero, aunque sé que estás bromeando, quiero decirte que eres la mujer más fascinante y más bella que he conocido en mi vida, y que tus tácticas dilatorias están a la altura de la mejor.

–¿Tan evidente soy?

–Sí.

–¿Y qué piensas hacer?

–Seguir adelante. Te dije que me gustan los desafíos.

Kris llevó una mano a la toalla de Kimmie y se la quitó, dejándola completamente desnuda. Ella intentó cruzarse de brazos otra vez, pero él se lo impidió y, a continuación, le metió uno de sus poderosos muslos entre las piernas.

Excitada, ella se rindió a sus atenciones y permitió que la tumbara en la cama, donde Kris la cubrió de besos antes de descender hasta su pubis y empezar a lamer. Para entonces, Kimmie empezaba a estar acostumbrada al asombroso grado de intimidad que ello suponía, y su grito entrecortado del principio se transformó en una serie de gemidos de placer.

Kris sabía lo que hacía. Sabía cómo hacerlo, dónde hacerlo, cuándo parar y cuándo seguir. Y no necesitaba pedirle que se relajara, porque estaba completamente entregada, sin más preocupación que alcanzar el orgasmo.

Kris la dejó con la miel en la boca. Ya sentía las primeras oleadas de placer cuando él se detuvo y cambió de posición.

–¡No te pares! –rogó ella.

Él no le hizo caso. Alcanzó un preservativo, se lo puso y se colocó entre sus piernas, dejándola sin aliento. Era la primera vez que estaba tan cerca de una erección y, por si eso no la hubiera excitado lo suficiente, el cuerpo de Kris era tan perfecto que no lo podía dejar de mirar.

Todo lo que veía le gustaba: sus increíbles ojos, su cabello mojado, el aro de su oreja, los tatuajes de sus bíceps, su piel morena y la anchura de su pecho. Era la personificación del peligro, un dios asombrosamente masculino, un hombre que la había sacado de una existencia mediocre para ofrecerle el paraíso.

Lo deseaba con todas sus fuerzas y, como se había cansado de esperar, levantó las piernas y las separó tanto como pudo, agarrándose los muslos.

Tenía que hacer el amor con él. No quería volver a Londres sin haber tenido esa experiencia.

—Por favor —le dijo—. Pon fin a esta tortura. Te necesito.

—¿No tienes miedo?

—No.

Kris frotó su duro miembro contra el sexo de Kimmie, provocándole un placer diez veces mayor que el de sus caricias anteriores. Luego, adoptó la postura adecuada y se lo introdujo un poco. Ella tenía miedo de que se dejara llevar y la penetrara de forma brusca, pero fue increíblemente delicado, y se llevó una decepción cuando se apartó de repente.

Sin embargo, la retirada de Kris fue breve, porque regresó a la posición inicial y la penetró unos milímetros más. Los pezones de Kimmie se habían endurecido tanto que casi le dolían, y sus senos estaban más pesados que nunca.

—Sigue —le instó ella—. Sigue…

Kris llevó las manos a sus nalgas para levantarla un poco más y, acto seguido, se hundió completamente en ella. Kimmie gritó y le mordió el hombro. Sabía a sexo, a sol, a hombre, a un mundo sin preocupaciones de ninguna clase, lleno de sensaciones placenteras.

Desgraciadamente, Kris estaba decidido a evitarle molestias y, tras quedarse inmóvil durante unos segundos, volvió a salir de su cuerpo.

La pérdida de su contacto fue tan desesperante para Kimmie que soltó un grito de impotencia, aunque él no le hizo esperar demasiado. La penetró de nuevo, se retiró una vez más y repitió la misma operación hasta que ella insistió en sus súplicas, totalmente rendida. Solo entonces, le concedió su deseo y le regaló una larga e intensa serie de acometidas rápidas que la llevaron al clímax.

Pero Kimmie no tenía suficiente y, al cabo de unos minutos, cuando ya se había recuperado, lo miró con sensualidad.

—¿Quieres más? —preguntó él, arqueando una ceja.

—Oh, sí.

Kris la empezó a acariciar de nuevo, guiándola por los senderos del placer. Y ella se dejó llevar, encantada.

Una hora más tarde, le dijo que se pusiera de rodillas en la cama, cosa que hizo.

—Levanta más las caderas. Así podré tocarte mientras te tomo.

Ella obedeció, y obtuvo la recompensa de tenerlo dentro y de sentir sus caricias entre los muslos al mismo tiempo.

Esta vez, Kris no fue tan delicado como antes. La tomó con energía, haciéndole perder el control y dejándola sin más alternativa que rendirse a todo lo que le quisiera dar. Fue una experiencia feroz, extrema, apasionante. Y la arrojó a un orgasmo tan potente que casi le extrañó que pudiera sobrevivir a él.

Ya se habían tumbado en la cama cuando Kris la miró de nuevo y repitió la última pregunta que había formulado:

—¿Quieres más?

Ella sonrió.

—¿Me estás tomando el pelo? Deja que recupere el aliento, por favor. ¿O es que tú no te cansas nunca?

Kris respondió por el procedimiento de apretarse contra ella y hacerle sentir su erección.

—No, ya veo que no —dijo Kimmie.

Luego, él le levantó una pierna, se puso por encima de la cadera y la volvió a penetrar.

Capítulo 10

EL MIEDO de Kimmie había desaparecido por completo y, cuanto más hacían el amor, más veces quería hacerlo. Se había vuelto tan exigente como él, y Kris descubrió que, lejos de ser una ingenua sin imaginación, era una mujer extraordinariamente sensual que no había podido mostrarse en toda su plenitud porque estaba encerrada en su inexperiencia y en la falta de oportunidades.

En cuanto a ella, jamás habría imaginado que el sexo pudiera ser tan maravilloso. Y, por supuesto, tampoco había imaginado que pudiera sentir lo que sentía por Kris. No se trataba solo de que fuera un amante magnífico. Hacía que se sintiera querida, inmensamente deseable, especial.

Por desgracia, estaba convencida de que aquello no duraría demasiado. Vivían en mundos tan distintos que no se podía hacer ilusiones al respecto. Pero podía disfrutar del presente, grabarlo en su memoria y atesorar los recuerdos para plasmarlos después en sus obras y hacerlas más profundas.

Solo había un pequeño problema: ¿Sería capaz de reproducir todo ese amor en sus cuadros sin sentir ese mismo amor?

* * *

Al día siguiente, mientras Kimmie estaba en la ducha, Kris decidió poner su nombre en la parte superior de su lista de posibles novias, por lo demás vacía. Llevaban poco tiempo juntos, pero no necesitaba más tiempo para saber que había encontrado algo verdaderamente distinto. Su relación sexual era fantástica y, por si eso fuera poco, le hacía reír, lo relajaba y lograba que viera el mundo con ojos nuevos.

Sin embargo, tendría que actuar con rapidez, porque sabía que Kimmie estaba a punto de volver a Londres.

Ya se disponía a averiguar la fecha de su partida cuando recibió una llamada telefónica de uno de sus ejecutivos de Nueva York, quien le dio noticias preocupantes: el acuerdo que su empresa estaba a punto de firmar corría peligro, y necesitaban que volara inmediatamente a los Estados Unidos.

Frustrado, se levantó de la cama, entró en el cuarto de baño y se metió en la ducha, uniéndose a ella.

–¿Quieres hacerlo otra vez? –preguntó Kimmie, pasándole los brazos alrededor del cuello.

–¿Por qué no?

Kris se preguntó si se cansaría alguna vez de aquella mujer, y tuvo su respuesta cuando ella cerró las piernas alrededor de su cintura.

Encantado, la apretó contra la fría pared de mármol y la tomó con toda la fuerza de su pasión y de la frustración que le había causado la llamada telefónica. No le podía pedir que se vieran de nuevo y marcharse después a toda prisa. Tendría que afrontar el problema con delicadeza.

Tras hacer el amor, se inclinó sobre ella y susurró:

—Sabes que eres especial para mí, ¿verdad?

Ella suspiró y lo miró a los ojos.

—¿Lo soy? No hagas promesas que no puedas cumplir, Kris.

—No pensaba hacerlas. De hecho, me tengo que ir ahora mismo, por un asunto de negocios —replicó—. Pero volveré, y quiero ver tu exposición. Si te parece bien, claro.

Ella parpadeó y respiró hondo.

—Si no estoy demasiado ocupada, intentaré ofrecerte audiencia —dijo con humor—. Ya sabes cómo somos los artistas, que nos metemos en nuestro mundo interno y nos olvidamos de lo demás. Hasta es posible que me olvide de ti.

—Pues píntame, y así te acordarás.

—¿Te vas de inmediato?

—Sí —respondió—. Espero que me disculpes, pero tengo un plan de vuelo y muchas cosas que preparar.

—Bueno, no te preocupes por mí. Estaré bien.

Kimmie no había visto que nadie se vistiera tan deprisa ni se fuera con tanta rapidez. Casi le pareció una lección. Primero, se comprometía con un hombre que no la quería y que la traicionaba con la madrina de su propia boda y después, se encaprichaba de un hombre que lo cambiaba todo, le devolvía las ganas de vivir y se marchaba a continuación.

De hecho, su marcha fue tan brusca que la dejó con una sensación de vacío sencillamente insoportable. Era como si nunca hubiera tenido el control de la situación y su vida se estuviera rompiendo por las costuras.

Se sentó en la cama y se quedó mirando el techo, aunque no encontró respuestas en él. Había sido la arquitecta de su propia desgracia, y no tenía más remedio que sobreponerse y encontrar una salida. No parecía que tuviera suerte con los hombres. Pero tenía una carrera en la que apoyarse, y no volvería a cometer el mismo error.

Kimmie regresó a Londres tan pronto como pudo, aunque no fue tan rápido como le habría gustado. No quería gastar dinero en otro billete de avión, así que tuvo que esperar para aprovechar el billete de vuelta de lo que en otras circunstancias habría sido el regreso de su luna de miel.

Cinco meses después, seguía sin saber nada de Kris. Por lo visto, su viaje de negocios se había complicado más de la cuenta. Pero no se quería hundir en la desesperación y, aprovechando que siempre se sentía bien cuando estaba en Londres, se concentró en su trabajo y empezó a ver pisos con intención de mudarse.

Un día de cielos despejados, se dirigió a su sucursal bancaria para comprobar el estado de su negocio y su cuenta personal. Quería asegurarse de tener los fondos suficientes para pagar la entrada de una casa, aunque suponía que no tendría ningún problema. Había ahorrado un poco, y quizá le diera para lo que estaba buscando: un lugar grande, con un jardín donde pudiera jugar su hijo.

La ciudad estaba tan bonita y tan llena de luz como si se hubiera empeñado en reflejar la alegría que había encontrado en Kaimos, empezando por la más importante de todas, la del bebé que llevaba en su vientre. Pero extrañaba a Kris de todas formas y, como tantas veces, se preguntó cómo era posible que se hubieran separado sin darse sus respectivos números de teléfono.

Por supuesto, había intentado hablar con él al saber que estaba embarazada, pero no lo conseguía localizar. Había llamado a todos los hoteles de Londres, sin éxito. Había intentado conseguir su dirección de correo electrónico, pero no se la querían dar y, al final, no tuvo más opción que escribirle una nota y dársela a la recepcionista de la sede de su empresa, que se limitó a mirarla con escepticismo.

¿Llegaría alguna vez a manos de Kris? ¿O la tiraría a la papelera en cuanto ella saliera del edificio? Evidentemente, Kimmie no lo podía saber, de modo que siguió con su vida y se aferró a la esperanza de que Kris apareciera en algún momento, porque no podía creer que la hubiera olvidado con tanta facilidad.

Fuera como fuera, tenía asuntos más urgentes que resolver, y entró en el banco con toda la energía de quien había decidido empezar de nuevo. Pero las cosas no iban a ser tan fáciles como había pensado.

–Lo siento, señorita. No podemos concederle el crédito que nos pide –le informó el director de la sucursal.

–¿Cómo que no? Solo es lo justo para sobrevivir hasta mi próxima exposición –declaró ella–. Necesito dinero para comprar materiales y para pagar la entrada de la casa que me quiero comprar. Ahora vivo en un sitio muy pequeño, y está tan abarrotado de cosas que no puedo seguir allí cuando nazca mi hijo.

–Lo comprendo, pero su profesión es bastante precaria, y no tenemos la seguridad de que pueda devolver el crédito –dijo el hombre–. El banco ha cambiado de política en lo tocante a la financiación de los artistas.

Kimmie se sintió como si le hubieran pegado un puñetazo.

–Pero los cuadros de mi exposición anterior se vendieron muy bien…

–Esa no es la cuestión –la interrumpió–. Lo siento mucho. No puedo hacer nada por usted.

Kimmie se levantó del sillón.

–Bueno, gracias por recibirme –acertó a decir–. En ese caso, transferiré dinero de la cuenta de mi empresa a mi cuenta personal.

–Eso tampoco será posible.

–¿Por qué no? Habrá dinero de sobra.

El director de la sucursal echó un vistazo a la pantalla del ordenador y sacudió la cabeza.

–Aquí dice que su prometido cambió el acceso a la cuenta y se puso como beneficiario único por instrucción suya, señorita Lancaster. En ese momento, se convirtió en la única persona que podía utilizar los fondos y, cuando luego los retiró, no le pusimos ningún inconveniente. Tenía todo el derecho del mundo.

–¿Cómo? ¿Que Mike retiró los fondos?

–Me temo que sí.

Kimmie no pudo creer lo que estaba oyendo. Mike la había estafado. Le había concedido el control de la cuenta y le había quitado todo su dinero.

–Lo siento mucho –continuó el hombre–. Es obvio que no lo sabía.

Ella respiró hondo y salió del banco, intentando recuperarse del disgusto que se acababa de llevar. ¿Cómo era posible que el hermano de su mejor amiga, un hombre al que conocía desde siempre, le hubiera hecho semejante canallada?

En cualquier caso, no iba a permitir que eso arruinara sus planes. Iría a la galería donde había expuesto por última vez, les explicaría lo sucedido y les pediría ayuda a cambio de aumentar su comisión por la venta de los cuadros.

Cabía la posibilidad de que no quisieran. Pero lo tenía que intentar.

Kimmie se quedó atónita al ver el cartel de la puerta.

La galería había cerrado.

Ahora sí que estaba acabada. No tenía sitio donde exponer, y no tenía dinero ni para pagar el alquiler de su minúsculo apartamento. Sin embargo, iba a tener un hijo, así que necesitaba un plan.

Pero, ¿basado en qué? ¿En esperanzas y humo?

Al final, se subió el cuello de la chaqueta y empezó a andar. A fin de cuentas, llorar no servía de nada.

–Nadie desaparece de la noche a la mañana –bramó Kris en su despacho de Londres–. Alguien tiene que saber dónde está.

–Es una ciudad muy grande. La gente desaparece

todos los días –replicó su tío, encogiéndose de hombros.

Si Kris no hubiera querido tanto a su tío, lo habría echado al instante; pero lo quería con locura, de modo que adoptó un tono conciliador.

–Bueno, te invito a comer –dijo.

–¿Adónde? –preguntó Theo.

–A algún lugar bonito.

A decir verdad, era él quien necesitaba ir a algún sitio distinto, donde pudiera olvidarse de la extraordinaria mujer de mechas moradas que se había ganado su corazón. Le parecía increíble que no hubiera hecho acto de presencia. La sede de su empresa era fácil de encontrar, y solo tenía que dejarle un mensaje o preguntar por él.

¿Sería posible que hubiera ido a buscarlo y nadie le hubiera dicho nada? Kaimos Shipping cambiaba tanto de recepcionistas que no habría sido extraño, pero ninguna de las que seguían trabajando para ellos recordaba haberla visto.

–Tienes que encontrarla y solucionar este asunto –dijo su tío cuando entraron en el ascensor–. Su ausencia te está matando, y tú estás sacando de quicio a todo el mundo, empezando por mí. Pregunta por ella en la universidad donde estudió y, cuando sepas algo, síguele la pista. Piensa, Kristof. Piensa como esa mujer.

–Kimmie. Se llama Kimmie Lancaster –le informó Kris–. Y, si yo pensara como ella, no sería presidente de nuestra empresa, sino pintor.

Momentos después, salieron el edificio y se subieron a la limusina de Kris.

–Puede que aprendas algo de esa artista en concreto –afirmó Theo–. Me recuerda mucho a tu tía, la mujer que impidió que yo me transformara en un tirano amargado y me convirtió en un tío cariñoso.

–Y en una gran persona –replicó con afecto.

–Vaya, veo que esa chica te ha cambiado para bien.

–Se podría decir que sí.

Kris estaba desesperado. Había tenido tanto trabajo que se había visto obligado a contratar los servicios de una empresa de investigadores para que averiguaran el paradero de Kimmie; pero no lo habían descubierto, y ya no podía hacer nada salvo encargarse personalmente del asunto.

Ahora bien, ni siquiera sabía si querría verlo. Conociéndola, cabía la posibilidad de que se hubiera escondido en alguna parte, para lamerse las heridas de su frustrado matrimonio. Era una mujer obstinada, que no quería depender de nadie. Y, si se había escondido, sería muy difícil de encontrar, porque estaba acostumbrada a borrar sus huellas. Al fin y al cabo, se había estado escondiendo toda la vida.

–¿Adónde diablos me llevas? –preguntó su tío al ver que Kris se dirigía al chófer para pedirle que tomara otro camino–. Me has prometido una comida, y estoy hambriento.

–¿No me has pedido que piense como Kimmie? Pues eso es lo que estoy haciendo –contestó Kris–. No dejó sus señas a Kyria Demetriou y, como los investigadores afirman que no han encontrado ninguna propiedad a su nombre, no tengo más opción que empezar de cero y buscar en pisos que ella pueda haber alquilado.

–No, nada de eso. Lo primero es lo primero, y lo primero es comer –dijo su tío–. Sé que estás ansioso por encontrarla, pero los viejos necesitan alimentarse de forma regular.

Kris apretó los dientes.

–De acuerdo. Te llevaré un restaurante, me aseguraré de que te traten a cuerpo de rey y te dejaré el coche para que lo uses como estimes oportuno.

Theo suspiró, pero no intentó discutírselo.

–Está bien. Haz lo que debas.

Kris asintió, muy serio. Estaba sumido en sus pensamientos que ni siquiera vio la sonrisa irónica de su tío.

La situación de Kimmie se había vuelto insostenible. Sus intentos por exponer los cuadros de Kaimos habían sido un fracaso rotundo, y el único galerista que se había dignado a recibirla la había sacado de sus casillas al decir que eran fríos y poco interesantes.

–¿Fríos? –replicó ella, indignada–. ¿Cómo pueden ser fríos, si están llenos de sexo, calor y cuerpos desnudos?

El hombre intentó desdecirse, pero Kimmie se había enfadado tanto que se marchó, dejándolo con la palabra en la boca. Además, necesitaba un profesional que se comprometiera al cien por cien, porque el éxito de las exposiciones dependía en gran parte de eso.

Decidida a solucionar su problema, recorrió medio Londres en busca de un lugar donde pudiera pin-

tar, guardar sus obras y quizá, exponer. Y se llevó
una alegría al ver un centro social que ofrecía espacios para clases de baile, conferencias y exposiciones.

Ni corta ni perezosa, entró en el local y se dirigió
a la persona que lo llevaba, una mujer que se presentó como Mandy.

—Soy pintora —le dijo—, pero no tengo mucho dinero. Quizá les podría pagar con mi trabajo, haciendo alguna cosa que les sea de ayuda.

—¿Dices que eres pintora?

—Sí, en efecto.

—Pues el salón de actos está pidiendo a gritos que
alguien cambie la decoración.

—Bueno, os puedo ofrecer mis servicios de deco-
radora a cambio de que me cobréis menos por exponer mi obra —le ofreció.

—Si decoras el salón, no te cobraremos nada —declaró Mandy—. Pero, ¿estás segura de que tendrás
tiempo?

—Si no lo tengo, lo sacaré de donde sea.

—Entonces, trato hecho. Cerraré el salón mientras
estés trabajando, y hasta te llevaré té.

Kimmie sonrió de oreja a oreja. Tendría que hacer
varios viajes para llevar sus cuadros; pero, cuando
terminara de decorar el salón, los podría colgar en un
simple fin de semana.

—Gracias. Muchísimas gracias.

—Guau... —dijo Mandy al ver el cuadro que acababa de colgar.

Era Kris, desnudo. Por suerte, estaba tumbado boca bajo, pero su cuerpo era tan increíblemente perfecto y masculino que quitaba el aliento.

–Se nota que lo pintaste después de haber hecho el amor, porque las sábanas de la cama no podrían estar más revueltas –observó Mandy, mirándola con humor–. Eres una mujer muy afortunada.

–No, yo no…

–No te atrevas a negarlo –la interrumpió–, porque no te creería.

–Solo es un hombre normal y corriente. Un simple modelo.

–No, ese no es un hombre normal y corriente –afirmó Mandy, soltando un suspiro dramático–. Ese es el hombre absoluto, el no va más del deseo femenino, y estás en la obligación de compartirlo con el mundo… Seguro que se vende enseguida. ¿Quién no querría colgarlo en la pared de su casa?

Mandy dio un paso atrás, volvió a mirar la obra y añadió:

–Eres muy buena, Kimmie; tan buena, que has conseguido que crea en ti. Quizá sea hora de que empieces a creer en ti misma.

Capítulo 11

LOS CUADROS quedaron maravillosamente bien; en parte, porque Mandy la ayudó a colgarlos. Ahora, solo quedaba esperar a que la gente se enterara y pasara por allí. Siendo un centro social, no había muchas posibilidades de que la exposición fuera un éxito; pero, en cualquier caso, era un espacio público, ¿y quién necesitaba una galería cuando Kimmie había encontrado una especie de hada madrina en la persona de Mandy?

–Vete a casa, Kimmie. Ya no hay nada más que hacer. Yo cerraré el local.

–Gracias, Mandy. El salón ha quedado precioso.

–Gracias a ti por tu trabajo –replicó su amiga–. Y márchate de una vez, que no estás en condiciones de hacer demasiados esfuerzos.

–Estoy embarazada, no enferma.

–Ya, pero yo cerraré el centro y tú te irás a casa –insistió ella–. Además, querrás estar fresca para la inauguración, ¿no?

–Si es que viene alguien.

Afortunadamente, Kimmie aún tenía una pequeña suma de dinero con la que había podido pagar unos carteles, que habían dejado en establecimientos de West End, Knightsbridge, King's Road, Marylebone

High y Notting Hill, entre otras zonas elegantes. De hecho, todo el mundo había sido amable con ella, y algunos habían expresado su interés por asistir a la exposición.

–No te preocupes por nada –dijo Mandy, acompañándola a la puerta–. Prepararé té y sándwiches para la gente que venga. Si les abrimos el apetito, te comprarán todos los cuadros.

Kimmie no estaba tan esperanzada como su amiga, pero optó por no llevarle la contraria. A fin de cuentas, no perdía nada por ser optimista.

–Los carteles que repartiste son tan bonitos que vendrán hasta los pájaros del parque –prosiguió Mandy–. Eres muy buena, Kimmie. Estoy convencida de que tendrás éxito y de que sacarás mucho dinero.

–No sé cómo agradecerte lo que has hecho por mí.

–Ni yo lo que has hecho tú por nuestra comunidad. El día que llamaste a nuestra puerta fue un día afortunado, y puedes estar segura de que tendrás todo nuestro apoyo.

Kimmie se marchó más animada que antes. No iba a exponer en un sitio conocido, pero estaría entre personas que la querían y la respetaban. Además, ni siquiera tendría que ponerse un vestido elegante y adoptar una pose intelectual. Solo tendría que ser ella misma.

Londres era una ciudad tan grande que encontrar pistas sobre el paradero de Kimmie se acercaba a lo imposible. Pero, cuando ya estaba a punto de dar el día por perdido, Kris vio un cartel en una tienda de artesanía.

Por fin la había encontrado.

Se quedó tan sorprendido como si le hubieran pegado un puñetazo en la boca del estómago, y no pudo pensar en nada más desde ese momento. Sin embargo, optó por refrenar su entusiasmo. Kimmie era una mujer ferozmente independiente y, si cometía el error de forzar las cosas, volvería a desaparecer.

Aquella noche durmió muy poco, y al día siguiente estaba tan ansioso que rechazó todas las llamadas y se dedicó a caminar por su despacho hasta que llegó la hora de volver a casa, donde se duchó y se quitó el traje para ponerse algo más cómodo. Quería llevar ropa informal, acorde al sitio donde se celebraba la exposición.

El hecho de que hubiera elegido un centro social para exponer sus obras le hizo sonreír. Era típico de ella. Probablemente, las galerías elegantes la habrían rechazado; pero, en lugar de hundirse en la desesperación, había buscado un espacio tan inesperado como original, es decir, como ella.

Kimmie no se lo podía creer. Había una cola que casi daba la vuelta a la manzana, y hasta vio a varias personas que ya habían estado en su primera exposición. Pero, por muchos periodistas y famosos que hubieran acudido al centro, eso no le alegró tanto como el hecho de que todo el vecindario estuviera allí, apoyándola.

—Esto es asombroso —dijo a Mandy, encantada—. No sabes cuánto significa para mí… ¿Cómo lo has conseguido?

—Yo no he hecho nada. Has sido tú, Kimmie. Están aquí por ti, por tus obras —replicó su amiga—. Has hecho mucho por las personas de este barrio. Trabajaste día y noche en la decoración del centro, y la gente no olvida esas cosas.

Durante las horas siguientes, Kimmie se llevó una nueva sorpresa. Mandy se estaba encargando de gestionar las ventas y, cada vez que alguien compraba un cuadro, ponía un circulito rojo en el marco. ¿Quién le iba a decir que todas las obras acabarían con uno? Había vendido hasta el retrato de Kris y el lienzo en el que aparecía desnudo.

Curiosamente, Kimmie sufrió un ataque de celos al verlo. ¿Quién querría colgar a un Kris desnudo en la pared de su casa? Aunque eso no era tan importante como el hecho de que se hubieran vendido, porque eran los únicos que no tenían una etiqueta con el precio. Y no lo tenían por una buena razón: porque no los quería vender. Estaban allí a efectos puramente decorativos.

Extrañada, buscó a Mandy con la esperanza de que su hada madrina le dijera quién se había atrevido a ponerlos en venta y cuánto dinero habían sacado. Desde luego, no tendría más remedio que devolver el dinero al comprador, pero eso era lo de menos. Había vendido tanto que tendría dinero de sobra.

Kris se quedó sin aliento al ver a Kimmie, y no solo porque la echara de menos. Cualquiera se habría dado cuenta de que estaba embarazada. Se había puesto un vestido enorme para intentar disimularlo, pero su estado era obvio.

Estaba embarazada, y lo estaba de él.

El descubrimiento sumió a Kris en una extraña mezcla de asombro y euforia, pero también de inquietud, porque no sabía si sería bien recibido. Ya había llegado a la conclusión de que la desaparición de Kimmie no tenía nada que ver con su relación amorosa. Sencillamente, se había limitado a seguir con su vida. Y tenía motivos para ello.

Desde su punto de vista, él no era mejor que Mike. Al dejarla plantada en Grecia, le había demostrado que sus negocios le importaban más que el amor, y el hecho de que hubiera intentado encontrarla al llegar a Londres no cambiaba las cosas. No le había dado razones para sentirse segura.

Pero no volvería a cometer ese error. Iba a tener un hijo y, por mucho que le sorprendiera, sintió la irrefrenable necesidad de cuidarlo y protegerlo. Él no sería como sus padres. Lo haría mejor. Tenía que hacerlo mejor.

Kimmie estaba mirando el retrato de Kris cuando oyó que la llamaba por su nombre. Durante unos segundos, pensó que eran imaginaciones suyas, pero no lo eran. Estaba en el centro social, justo detrás de ella.

Atónita, se dio la vuelta y dijo:

–¿Kris? ¿Qué haces aquí?

Él se encogió de hombros, aunque ardía en deseos

de tomarla entre sus brazos y besarla apasionadamente.

—Cumplir la promesa que te hice.

Kimmie lo miró de arriba abajo. Llevaba vaqueros, botas y un chaquetón de invierno. Tenía el pelo ligeramente revuelto y, como no se había afeitado, su aspecto era más rebelde que de costumbre.

—No creía que tuvieras intención de cumplirla.

—Pues la tenía. De hecho, te he estado buscando por todas partes, pero eres difícil de encontrar —replicó.

Kimmie no se molestó en negarlo y, tras unos instantes cargados de tensión, se frotó el estómago y dijo:

—Como ves, tenemos que hablar.

—Sí, ya lo veo.

—Pero ahora no puedo…

—Bueno, no te preocupes por mí. Te esperaré.

—Como quieras. Te acompañaré al bufé, para que puedas tomar algo.

Ella lo llevó hacia una mesa que estaba llena de comida. Todo tenía un aspecto delicioso y, a juzgar por el aluvión de afecto que recibió Kimmie por el camino, Kris llegó a la conclusión de que eran donaciones de sus muchos y muy leales seguidores.

—¿Acabas de llegar a Londres? —le preguntó.

—No, llevo mucho tiempo aquí. Como te decía, te he estado buscando, pero no te encontraba.

—¿No recibiste mi nota?

Kris frunció el ceño.

—¿Qué nota?

—La que te dejé en la sede de tu empresa. Intenté

localizarte por otros medios y, al ver que no lo conseguía, escribí una y se la dejé a la recepcionista.

–Pues no me han dado nada –dijo él–. Pero eso
carece de importancia en este momento... No sabes
la alegría que me he llevado al verte embarazada.
¿Cuánto tiempo te tienes que quedar? ¿Toda la noche?

–No, pero no nos podremos ir hasta que se vaya la
última persona y cerremos el local.

–¿Podremos? –preguntó él, temeroso de que Kimmie estuviera con otro hombre.

–Mandy y yo –contestó ella–. Mandy es la encar-
gada del centro, y no puedo dejarla en la estacada.
De hecho, no debería estar hablando contigo. No
tengo tiempo.

Kris miró la larga fila de gente que estaba esperando para hablar con ella, y supo que le estaba diciendo la verdad. Por lo visto, su negocio era como
cualquier otro. Si quería vender mucho y asegurarse
futuras comisiones, tenía que aprovechar el tirón de
ese día.

–Bueno, envíame un mensaje cuando hayas terminado.

–¿Cómo, si no tengo tu número de teléfono?

–¿Qué no tienes mi número? –replicó, maldicién-
dose para sus adentros–. Te lo daré enseguida.

Él sacó su teléfono móvil y le dio el número, pero
eso no mejoró el humor de Kimmie.

–Kris, no puedes aparecer después de tantos meses y comportarte como si no hubiera pasado nada
–dijo–. Comprendo que quieras recuperar el tiempo
perdido, pero yo también tengo mis obligaciones...

Sobre todo ahora, cuando estoy esperando un hijo. Tengo que aprovechar el momento. No puedo dejarlo todo porque a ti te convenga.

–Está bien. Si no podemos hablar ahora, hablaremos mañana. Le diré a mi chófer que pase a recogerte.

–¿Y por qué no pasas tú? ¿Estarás tan ocupado como de costumbre? –ironizó.

–No, es que…

–Es que tu mundo es así –lo interrumpió.

Kris soltó un suspiró.

–De acuerdo. Pasaré a recogerte en persona.

–No te molestes. Podemos quedar donde tú me digas.

–Pasaré a recogerte –insistió él, perdiendo la paciencia.

–¿Seguro que tus negocios te lo permitirán?

–Mi único negocio es estar contigo.

Kimmie lo miró con intensidad, como intentando averiguar si estaba siendo sincero, y Kris se rindió a la tentación y la tomó entre sus brazos. La había echado terriblemente de menos; pero, hasta ese momento, no supo lo mucho que la quería. Sin ella, él no era nada. Sin ella, el mundo era un lugar oscuro y vacío.

Antes de que pudiera decirle lo que sentía, Kimmie rompió el contacto y desapareció entre la multitud. Pero, al cabo de unos segundos, Mandy se plantó a su lado.

–Kimmie dice que venga mañana a buscarla –le informó.

–¿Y por qué no me lo dice ella?

–Mi querida amiga está muy ocupada, señor Kaimos. Se ha tenido que esforzar mucho para hacer la
exposición, y no voy a permitir que nadie se la estro-
pee –respondió la mujer–. No sea tan orgulloso, por
favor. Vuelva mañana, cuando Kimmie haya tenido
ocasión de asumir lo que ha pasado esta noche.

–Está bien. ¿A qué hora quiere que venga?

–A las once.

Mandy lo volvió a mirar y, al ver la tensión de su
rostro, añadió:

–Es evidente que los dos han sufrido mucho con
su separación. Concédanse un poco de tiempo, lo
justo para curarse las heridas.

Kris asintió. A fin de cuentas, su relación estaba
lejos de haber terminado. Acababa de empezar.

Capítulo 12

NO, NO, no. No podía volver con Kris. No se podía arriesgar. Aquel hombre había cambiado su vida, y había conseguido que el mundo pareciera un lugar más grande y más bello. Pero toda esa belleza podía desaparecer de repente, como había demostrado al abandonarla y, para empeorar las cosas, ahora tenía que pensar en el bienestar de su hijo.

¿Habría cometido un error al prestarse a verlo a la mañana siguiente? Ni siquiera sabía lo que pretendía hacer. ¿Darle un cheque y una palmadita en la espalda? Porque, si esa era su intención, no quería su dinero. No necesitaba su ayuda. Quizá fuera mejor que cancelara la cita en el centro social y lo convocara en un bufete de abogados, para discutir los términos de su futura relación.

Ya había sacado el móvil para enviarle un mensaje cuando se dio cuenta de que aquello era ridículo. Estaba embarazada de Kris, y no había nada que pudiera cambiar eso. Además, nada impedía que dos personas tan racionales como las demás se sentaran juntas, mantuvieran una conversación civilizada y solventaran sus problemas.

Tras pasar unos minutos en el despacho de Mandy, regresó al salón del centro social e intentó comportarse con naturalidad, aunque solo fuera por el bien de los amigos que la habían ayudado a hacer la exposición; pero le costó bastante, estando los cuadros de Kris en las paredes. No deseaba otra cosa que abrazarlo con fuerza y compartir con él la felicidad de estar esperando un niño.

—Se ha ido —dijo Mandy, que apareció a su lado.

—¿Cómo?

—Ha pagado los cuadros y se ha ido.

—¿Qué cuadros? —preguntó, asombrada.

—El retrato que le hiciste y el desnudo de la cama. Y ha pagado un montón de dinero —le explicó, encantada—. Le dije que no tenían precio y que no estaba segura de que los quisieras vender, pero ofreció una cifra tan alta que supuse que no pondrías ninguna objeción. Por lo visto, el retrato es para su tío y el desnudo, para él. Pero no te preocupes por eso. Me lo contó con una sonrisa, lo cual significa que se lo ha tomado bien.

—¿Y se ha ido?

—Sí, pero ha dicho que volverá a las once de la mañana, como tú querías. Y ahora, será mejor que vuelvas al trabajo. Hay gente que quiere hablar contigo o pagar las obras que desean comprar.

Kimmie se quedó sumida en un mar de dudas. ¿Qué iban a hacer cuando se vieran de nuevo? ¿Sentarse en un café londinense y tomarse un chocolate caliente como si no pasara nada? No se sentía precisamente capaz.

En cualquier caso, todo dependía de la actitud de

Kris. Cabía la posibilidad de que quisiera ser padre, pero también cabía la posibilidad contraria. Y, aunque quisiera serlo, eso no significaba que el camino de su relación estuviera despejado. Para Kristof Kaimos, los negocios eran lo primero. Si volvían a estar juntos, ¿cuánto tardaría en marcharse por algún asunto relacionado con su empresa?

Fuera como fuera, estaba casi segura de que querría formar parte de la vida de su hijo. Lo había visto en sus ojos, que se habían iluminado al ver la abultada prueba de su embarazo. Kris podía ser un empresario implacable, pero no habría sabido fingir esa reacción. Era mucho más sensible y más profundo de lo que parecía a simple vista. Era como ella, el resultado de un pasado difícil.

Al final, decidió que se estaba preocupando sin motivo. Ya saldría de dudas al día siguiente, cuando se volvieran a ver.

Kimmie era aún más guapa de lo que recordaba. Y también era puntual, cosa que supo porque había llegado antes de tiempo.

Estaba tan ansioso por verla que había estado a punto de ir en moto para avanzar más deprisa entre el siempre complicado tráfico de Londres; pero renunció a la idea por el embarazo de Kimmie, y se presentó en su coche.

–¿Nos vamos? –le preguntó, impaciente.

–¿No querías hablar? –dijo ella, señalando una cafetería cercana.

–Bueno, si quieres que hablemos ahí…

–No, no es necesario. Si conduces con cuidado, me puedes llevar a otro sitio.

–Querrás decir que os puedo llevar –puntualizó él.

–Sí, claro.

Kris sonrió, esperó a que se sentara en el elegante vehículo y, a continuación, arrancó. Kimmie no sabía adónde la llevaba, pero parecía bastante tranquila, lo cual le tranquilizó. Tenía la sensación de que las cosas iban a salir bien.

–Todo está precioso –dijo ella mientras pasaban por el puente de Waterloo.

–¿Estás bien? ¿Quieres que reduzca la velocidad?

–Estoy perfectamente –contestó, mirando por la ventanilla–. Adoro Londres, hasta en invierno. Cuando los cielos están despejados, me recuerdan a Grecia.

–Sí, aunque aquí hace más frío.

–Mientras brille el sol, no me importa.

Kris detuvo el coche junto a un sencillo puesto de comida que estaba junto al río, y ella se lo agradeció con una enorme sonrisa.

–Oh, qué bien huele… Reconozco que estoy muerta de hambre –le confesó–. Ahora tengo que comer por dos.

–¿Qué quieres tomar? ¿Una hamburguesa?

–¿No te encanta el contraste de los coloridos puestos callejeros y el gris ceniza del viejo Támesis?

–Deja de hablar de colores y dime lo que quieres –dijo él.

Ella volvió a sonreír.

–Sorpréndeme. Siempre me han gustado las aventuras, y esto empieza a ser divertido.

–Pues está a punto de serlo más.

Kimmie arqueó una ceja.

—¿A qué te refieres?

—A que creo que nos deberíamos casar.

Ella lo miró con asombro.

—¿Estás hablando en serio?

Kris, que esperaba un poco de entusiasmo, frunció el ceño.

—Por supuesto que sí —dijo, ofendido.

—¿No estás forzando las cosas? Aún no hemos hablado de nuestro futuro.

—¿Es necesario?

—Claro que lo es.

—Oh, vamos. ¿Qué hay que decir delante de esto?

De repente, Kris se llevó una mano al bolsillo y le enseñó un precioso anillo con un enorme diamante azul, que debía de haber costado una fortuna.

—Hay que decir todo lo que no se ha dicho —replicó ella.

—Venga, ni siquiera has mirado el anillo… ¿Es que no te gusta?

—No se trata de eso —afirmó ella.

—Porque, si no te gusta, puedo comprarte otra cosa.

—No quiero que me compres nada, Kris. Sencillamente, no estoy preparada para casarme, y puede que nunca lo esté —afirmó, frotándose las manos con nerviosismo—. Además, ¿qué prefieres que haga? ¿Que sea sincera contigo? ¿O que edulcore la verdad?

—Limítate a darme una respuesta —contestó, impaciente—. No veo dónde está el problema.

—Por todas partes. Esto es un error, un gigantesco error. Solo me ofreces el matrimonio porque estoy embarazada.

–No es cierto –protestó él–. Quiero que seas mi esposa.

–¿Para que pasemos juntos el resto de nuestras vidas? ¿Para envejecer juntos?

Kris guardó silencio, porque no se lo había planteado de esa manera.

–¿O solo seremos marido y mujer cuando tus obligaciones te lo permitan? –continuó Kimmie.

–Eso no es justo. Tendrás todo mi tiempo –se defendió.

–¿Y qué pasará con tu negocio? ¿Se dirigirá solo?

Kris suspiró.

–Aprenderé a delegar.

–¿En serio?

–¿Por qué no?

Kimmie le lanzó una mirada de desconfianza.

–Si quieres convencerme de que me case contigo, tendrás que hacer algo más que darme un paseo en tu coche e invitarme a una hamburguesa en un puesto callejero.

–Te compraré lo que quieras, lo que tú digas.

–¿Comprar? Sigues sin entenderlo –dijo, sacudiendo la cabeza–. No quiero nada de ti. Sé cuidar de mí misma.

–No lo dudo, pero no es necesario.

–¿Ah, no? –preguntó, clavando la vista en sus ojos.

–No intento controlarte, Kimmie. Te conozco, y sé lo que necesitas.

–Crees que me conoces. Pero, si me conocieras de verdad, no me habrías comprado un regalo como ese.

–Solo quería demostrarte que estoy dispuesto a hacer lo que sea.

–Pues esa joya no demuestra nada, salvo el hecho de que tienes un montón de dinero –observó Kimmie.

Kris se encogió de hombros.

–Pues elige otra.

–¿Para qué? No hay anillo que pueda darme calor por las noches. No hay anillo que pueda hacerme sentir querida.

–Pues debería.

–¿Eso es lo que tenías que decir? ¿Qué seré feliz porque eres rico y puedes asegurar mi bienestar y el de nuestro hijo? ¿Ese es tu mejor argumento?

–Sí, supongo que sí…

Entonces, Kimmie se alejó unos pasos y alzó una mano.

–¿Qué estás haciendo? –preguntó Kris, perplejo.

–Llamar a un taxi.

–¿Para qué? Te puedo llevar en mi coche.

Kimmie lo miró con dureza.

–Llámame otra vez cuando hayas pensado las cosas con más calma, porque es verdad que tenemos que hablar. Y, mientras lo piensas, recuerda que los anillos de compromiso no son ninguna respuesta. ¿O ya se te ha olvidado cómo nos conocimos?

Él se quedó sin habla. ¿Lo estaba comparando con Mike, ese canalla que le había regalado un anillo de hojalata y se había acostado con la madrina de su boda? La idea le pareció tan ofensiva que abrió la boca para expresarle su disgusto; pero Kimmie ya se había subido a un taxi, y lo dejó plantado tras decir:

–Te estaré esperando. Y gracias por el paseo.

Kris tardó un buen rato en recuperarse de lo sucedido. ¿Qué había querido decir con eso de que le estaría esperando? ¿Quería que la persiguiera, que la cortejara? Definitivamente, tenía mucho en lo que pensar.

Kimmie estaba tan nerviosa cuando llegó a su casa que le costó meter la llave en la cerradura. ¿Qué diablos había pasado? Eran dos personas de mundos radicalmente distintos, pero solo tenían que buscar un punto de encuentro para poder hablar sobre su hijo. En principio, no debía de ser tan difícil. Y no podía serlo, porque el bienestar del bebé era mucho más importante que sus diferencias personales.

Cansada de tonterías, y decidida a no perder más tiempo, se quitó la chaqueta y, tras dejarla en una silla, se sentó en el sofá y sacó el teléfono móvil. Hablaría con él y volverían a quedar. No tenían más remedio.

Ya se disponía a marcar su número cuando la pantalla del aparato se iluminó. Era Kris, que se le había adelantado.

—¿Cenamos esta noche? —dijo él—. Tenemos que hablar.

—No puedo estar más de acuerdo. De hecho, estaba a punto de llamarte.

—Te enviaré mi coche.

—¿A qué hora? —preguntó ella con frialdad.

—A las ocho —contestó él del mismo modo.

—Me parece perfecto.

Kimmie se puso un vestido azul de manga larga y unas botas negras que le llegaban a las rodillas. No tenía mucho donde elegir, pero le pareció lo más apropiado: un aspecto sobrio, con un punto de extravagancia. Además, no iba a cambiar de estética para contentar a Kris. Y esperaba que la llevara a algún lugar discreto, porque solo se trataba de hablar.

El chófer se presentó a las ocho en punto de la tarde y, tras acompañarla a la elegante limusina de su jefe, la llevó por las atascadas calles de Londres, donde Kimmie hizo un descubrimiento: al parar en un semáforo, vio uno de los carteles de su exposición y supo que Kris la había encontrado por eso.

Minutos más tarde, el vehículo se detuvo en uno de los hoteles más lujosos de la capital británica. Kimmie bajó y entró en el luminoso vestíbulo, alegrándose de que Kris hubiera elegido un territorio relativamente neutral para su encuentro. Pero no era tan neutral como parecía, porque él estaba bastante más acostumbrado a ese tipo de sitios que ella.

–Sígame, *madame* –le dijo una mujer de lo más elegante–. Su acompañante le está esperando en uno de nuestros salones privados.

Kris se levantó al verla, y Kimmie echó un vistazo al sitio. La cubertería era de plata y la vajilla, de la mejor porcelana. Dos camareros esperaban a cierta distancia, pero ya habían puesto una botella de champán en una cubitera, además de una botella de agua para ella. Por lo visto, Kris pensaba en todo.

–Gracias por venir –dijo él cuando se sentó.

–Es un placer –replicó ella.

Durante los minutos siguientes, se dedicaron a disfrutar de la deliciosa comida y a charlar sobre asuntos poco comprometidos. Pero, al cabo de un rato, se empezaron a relajar y pasaron a lo importante.

–No soy como tú crees –declaró él mientras esperaban los cafés–. Sé que he cometido un error al comprarte ese anillo.

Kimmie se encogió de hombros.

–Bueno, ha sido todo un detalle –admitió–. Y, en cuanto a tu forma de ser… supongo que mi opinión cambia constantemente. Aún no te conozco bien.

–¿Por eso he fracasado con el anillo? ¿Porque te lo he regalado demasiado pronto?

–No, sería demasiado para mí en cualquier caso. Imagina que lo mancho de pintura –declaró con humor–. Sencillamente, no sé si estoy preparada para comprometerme contigo.

–¿Comprometerte?

–Sí, claro, por el bien de nuestro hijo.

Él sonrió.

–De todas formas, me guardaré el anillo. Por si cambias de opinión en algún momento.

–Dudo que cambie de opinión.

–Pues quédatelo como adorno. Te prometo que no esperaré nada a cambio.

Ella sacudió la cabeza.

–No, gracias. Prefiero que lo devuelvas y que recuperes tu dinero. O que se lo regales a tu siguiente candidata.

–Estás de broma, ¿verdad?

Kimmie guardó silencio.

–Yo quiero lo mismo que tú, Kimmie. Te ofrezco el matrimonio por el bien del bebé –prosiguió él.

–Un pedazo de papel no cambiará nada –alegó ella–. Lo único que necesita nuestro hijo es un poco de amor.

–Ah, ojalá que la vida fuera tan sencilla...

–Y lo es, aunque tú te empeñes en tratarlo todo como si fuera un asunto de negocios.

–No, todo no. Pero el matrimonio es precisamente eso.

Kimmie se preguntó si tendría razón. Empezaba a dudar de su propio juicio, así que intentó concentrarse en lo esencial, que era el bebé.

–Bueno, dejemos eso para otro momento –dijo Kris–. Nada impide que disfrutemos de la velada, ¿verdad?

Kimmie decidió concederle una oportunidad, y no se arrepintió. Kris era tan buen seductor como hombre de negocios y, al final de la noche, estaba tan relajada y tan contenta que habría aceptado cualquier cosa. Casi había logrado convencerla de que el matrimonio era lo mejor, y de que no tendría menos libertad, sino más. Pero, cuando se levantaron de la mesa, seguía desconfiando de él.

–Todo el mundo necesita a alguien, Kimmie –dijo Kris mientras salían del hotel–. Piénsalo cuando tengas el niño, porque necesitarás ayuda.

–No veo por qué. El mundo está lleno de madres solteras.

–Pero tú no estás obligada a serlo.

–¿Y solo me lo propones por el bien del bebé? ¿O tienes otros motivos?

–¿Qué otros motivos podría tener? –preguntó él, encogiéndose de hombros.

–Quizá, que necesitas un heredero.

–O una heredera –puntualizó–. Pero, ya que te preocupa ese problema, me gustaría que conocieras a mi tío. Puede que te tranquilice.

–¿Sobre tus razones para ofrecerme el matrimonio?

–No, sobre mi buen carácter –ironizó Kris–. Casualmente, está pasando unos días en Londres, así que es la ocasión perfecta.

–¿Para que me analice y decida si soy apropiada como esposa?

–Qué desconfiada eres, Kimmie –protestó él–. En fin, ya he dicho lo que tenía que decir. Sabes que quiero casarme contigo. Tú sabrás si aceptas mi oferta o la rechazas.

Ella se limitó a fruncir el ceño.

–¿Cama? –añadió Kris.

Kimmie parpadeó, perpleja. ¿Le estaba pidiendo que se acostara con él?

–Pareces cansada –continuó, sacándola de dudas–. Deberías acostarte.

Ella se sintió aliviada, aunque su cuerpo se llevó una decepción. Y, como no quería pensar en el deseo, se dijo que Kris y ella vivían en mundos completamente distintos y que, por muy encantador que fuera su tío, no podría convencerla de que se casara.

–Pasaré a recogerte mañana y, si hace sol, daremos un paseo por el parque –anunció él–. El aire fresco nos sentará bien. Es lo mejor para hablar abiertamente de las cosas.

Kimmie se preguntó si Kris sería capaz de hablar abiertamente de algo, pero dijo:

—Ha sido una velada maravillosa.

—Gracias —replicó él—. Mi chófer te llevará a tu casa. Yo me quedaré en el hotel, porque he reservado una suite.

Kris se acercó a la limusina y le abrió la portezuela.

—Hasta mañana, Kimmie.

—Hasta mañana.

Ya a solas, Kimmie se sintió dominada por un sentimiento de anticipación que ponía en duda sus muchos temores. Al fin y al cabo, Kris era irresistible cuando interpretaba el papel de seductor. Y, si ella era tan independiente como se jactaba de ser, ¿no debía seguir los dictados de su corazón?

Capítulo 13

EL CHÓFER estaba a punto de arrancar cuando Kris cambió de opinión repentinamente y se metió en el vehículo.

—Iré contigo —dijo.

Kimmie se quedó sin habla, y a él le pareció perfecto, porque no quería perder el tiempo con conversaciones de ninguna clase.

Tras hablar con el conductor y pedirle que los llevara a su casa en lugar de dirigirse al piso de Kimmie, cerró el panel que separaba las dos partes del coche. De repente, estaban en un espacio cerrado, de cristales ahumados. Y las consecuencias fueron inevitables, porque los dos llevaban demasiado tiempo esperando ese momento.

Su ropa desapareció en cuestión de segundos y, mientras él le metía una mano entre los muslos, ella cerró las suyas sobre su erección.

—Déjame hacer —dijo Kimmie, arrodillándose en el suelo de la limusina.

Kris le dejó hacer, porque su tono no admitía discusión alguna. Se recostó en el asiento, separó las piernas y permitió que lo chupara y lamiera una y otra vez, ansiosa.

—No hay nada más placentero que darte placer

–declaró ella, deteniéndose un momento–. Respondes tan bien a mis caricias… ¡Me encanta!

Él gimió, encantado con sus atenciones.

–Lo haces muy bien, Kimmie.

–¿Y eso te sorprende? ¿Cómo lo voy a hacer mal, si estoy aprendiendo con el hombre más sexy del mundo?

Kimmie siguió chupando hasta que Kris se dio cuenta de que estaba a punto de llegar al orgasmo y, como no quería que las cosas terminaran tan pronto, sacó fuerzas de flaqueza, la apartó con suavidad y dijo:

–Ahora me toca a mí.

–No es necesario.

–Oh, sí, claro que lo es.

–Está bien –dijo ella, soltando un gemido de excitación.

Kris llevó una mano a su sexo y se lo empezó a acariciar. Sabía lo que necesitaba. Conocía el ritmo y la intensidad que le gustaban. Y, por supuesto, se sintió inmensamente satisfecho cuando alcanzó el orgasmo.

–¿Quieres más? –preguntó entonces–. No te preocupes por el posible cansancio, porque te volveré a excitar cuando lleguemos a mi casa. No hay necesidad de esperar. De hecho, no me apetece esperar.

–No sé si podré… –admitió, con voz temblorosa.

–Por supuesto que puedes.

Kris volvió a concentrar su atención en el punto más sensible de Kimmie, con tanta intuición y delicadeza como antes. Y, tras una serie de potentes descargas iniciales, ella llegó a un clímax más feroz que el anterior.

Justo entonces, la limusina que detuvo.

–Qué oportuno –dijo él–. Vistámonos, y te prometo que te daré otra recompensa cuando entremos en la casa.

—¿Me lo prometes? —replicó en voz baja.

—Te doy mi palabra.

Después de vestirse, Kris dio las gracias al chófer, abrió la portezuela a Kimmie y la llevó al interior del edificio, donde encendió la luz.

—Quiero verte —declaró—. Necesito verte para tratarte con dulzura, porque estás embarazada.

—Sí, lo estoy.

Kris le subió el vestido, cerró las manos sobre sus nalgas y la penetró contra la puerta, aumentando la excitación de Kimmie hasta extremos increíbles. Al fin y al cabo, nunca había vivido nada igual.

—Apóyate en mi cuerpo —se ofreció él en un susurro—. Concéntrate en el placer y déjame el resto a mí.

Kimmie no pudo hacer otra cosa que obedecer.

Al final, se quedó dormida entre sus brazos, absolutamente agotada. Pero a Kris no le sorprendió en absoluto, porque habían sido unos días llenos de emociones: primero, él éxito de su exposición; después, la sorpresa de su reencuentro y, por último, la potencia de la pasión que compartían.

Mientras admiraba su expresión inocente, pensó que sería la mejor esposa del mundo. Desgraciadamente, no se podría casar con ella si no la convencía de que él podía ser el mejor esposo del mundo, y eso no iba a ser tan sencillo. Kimmie era una mujer tan independiente como imprevisible, lo cual complicaba las cosas.

Minutos más tarde, la dejó en la cama, se dio una

ducha y, tras ponerse unos vaqueros y una camiseta, bajó al salón para llamar a su tío. Estaba seguro de que el encanto de Theo inclinaría la balanza a su favor, porque se ganaría el afecto de Kimmie y conseguiría que quisiera formar parte de su familia.

–Creo que te gustará –le dijo–. Sí, es algo tempestuosa, como tú mismo insinuaste… pero a ti te pasó lo mismo con la tía, ¿no? Y además, ya está embarazada.

El lugar de mostrarse entusiasmado, Theo se mostró extrañamente cauto.

–¿Estás seguro de que quieres casarte con ella, Kristof? Te quiero mucho, y no me gustaría que te hicieran daño.

–Ya no soy un niño, tío. Soy un hombre adulto.

–Y bastante feo –replicó Theo, recuperando su humor–. No lo olvides.

–¿Cómo lo voy a olvidar? –dijo, Kris, siguiéndole la broma–. En fin, querías un heredero y te voy a dar uno. Pero estoy deseando que conozcas a Kimmie. Quiero saber lo que opinas de ella.

Ninguno de los dos podía imaginar que Kimmie había oído la conversación sin querer. Se había despertado de repente y, al verse sola, salió de la habitación y se encontró con el ama de llaves de Kris, quien tuvo la amabilidad de decirle que estaba en el saloncito donde solía desayunar. Y ahora se sentía traicionada.

Aparentemente, Kris no la había llevado a su casa para hacer el amor o ponerse de acuerdo sobre el futuro de su hijo, sino para asegurar su papel como yegua de cría.

Derrotada, se sentó al pie de la escalera y se preguntó qué podía hacer. Marcharse habría sido inadecuado, porque tenían que hablar del niño de todas formas. Pero, ¿cómo hablar de eso con un hombre tan miserable que embarazaba a una mujer para satisfacer un capricho de su tío y luego le ofrecía matrimonio para cubrir las huellas de su delito?

Tras sopesar el asunto, decidió que solo tenía dos opciones: quedarse allí y tragarse su orgullo o enfrentarse a Kris, decirle lo que pensaba y marcharse. Al final, y dado que él y su tío formarían parte de la vida del pequeño, optó por retrasar el enfrentamiento hasta después de conocer a Theo.

Más tranquila, se levantó, respiró hondo y volvió al salón.

—Buenos días —dijo Kris con afecto, como si no hubiera ninguna nube en el horizonte—. Espero que hayas dormido bien.

—Lo mismo digo —replicó, haciendo caso omiso de su sonrisa.

—Hoy te llevaré a conocer a mi tío. Dice que tiene muchas ganas de conocer a la artista. Como compré varios cuadros tuyos...

—Sí, Mandy me lo contó —lo interrumpió.

Kimmie se sentó a la mesa, y uno de los criados de Kris se acercó a servirle el desayuno.

—Solo quiero un té y una tostada —dijo ella.

—Por supuesto, señorita Lancaster.

—Gracias.

Kris supo que le pasaba algo, así que preguntó:

—¿Te encuentras bien? Si tienes que ir al médico, conozco uno bastante bueno.

—No, no hace falta, es que he dormido demasiado —mintió.

–Y te has despertado de mal humor.

–En absoluto.

–Bueno, me alegro de saberlo –dijo, nada convencido.

–¿Cuándo vamos a ver a tu tío?

–Cuando terminemos de desayunar, si te parece bien. Pero no te preocupes por eso. Si te muestras como eres, le gustarás.

Kimmie no dijo nada, y él echó un trago de café y la miró a los ojos.

–Si has cambiado de opinión…

–¿Sobre conocer a tu tío? No, lo estoy deseando.

–Pues no lo parece.

Ella apretó los dientes. En ese momento, solo quería limpiar el suelo con la cabeza de los dos hombres y marcharse de allí. Pero tenía que pensar en el niño, cuyo bienestar era infinitamente más importante que su orgullo.

¿Qué podía hacer? ¿Ser tan vil como ellos para arrancarles el mejor acuerdo económico posible? La idea le disgustó tanto que se sintió enferma.

–Anda, toma un poco de agua –dijo Kris, al ver que se llevaba una mano a la frente.

Ella aceptó el vaso y se lo bebió.

–Gracias, ya me siento mejor –replicó ella, forzando una sonrisa–. Me voy a vestir.

Kimmie se levantó y volvió al dormitorio.

Theo Kaimos vivía en una mansión que daba a Regent's Park, y Kimmie no tardó en darse cuenta de que era más lujosa y tradicional que la de Kris. Hasta tenía un mayordomo, que les abrió la puerta y los acompañó a una salita.

–Necesito ir al servicio –anunció ella, abrumada ante la perspectiva de enfrentarse a los dos hombres en su territorio.

–Por supuesto. Te esperaré aquí.

El mayordomo la acompañó al cuarto de baño de la planta baja, donde ella se apoyó en el glorioso mármol del lavabo y se miró al espejo. Si hubiera podido, se habría quedado allí; pero no podía, e intentó convencerse de que, por muy incómoda que se sintiera, el futuro de su hijo era más importante.

–¿Mejor? –preguntó Kris cuando volvió.

–Sí, mucho mejor.

–Entonces, te presentaré a mi tío.

La sorpresa de Kimmie fue mayúscula. Theo no era el hombre desagradable que esperaba, un hombre capaz de utilizar a una mujer como si fuera una yegua, sino un caballero tan encantador como divertido, que se la ganó al instante.

–Me recuerdas a mi difunta esposa –dijo al cabo de un rato, enseñándole una fotografía–. Era tan independiente como tú, pero me hizo el hombre más feliz de la Tierra. Nuestro matrimonio duró cuarenta años. Fue una gran historia de amor.

–Era muy guapa –dijo ella, mirando la foto.

–Sí, extremadamente bella –declaró Theo–. Pero me alegra que hayas venido a verme. Llevo tanto tiempo esperando este momento…

Theo lo dijo con tanta tristeza que los ojos de Kimmie se llenaron de lágrimas. Se sentía tan cerca de él que podía notar su profundo sentimiento de soledad;

tan cerca, que ni siquiera se dio cuenta de que Kris salía de la habitación.

–Quédate aquí un rato –prosiguió el hombre–. Haces que me sienta joven y, por otra parte, quiero saber lo que piensas.

–Aún no lo sé –dijo ella, encogiéndose de hombros–. No iba a decir nada, pero he oído vuestra conversación telefónica.

–Oh, vaya… Como reza el dicho, los que escuchan nunca oyen nada bueno de sí mismos –comentó Theo–. ¿Estás segura de que has oído lo que crees haber oído? No cometas un error, Kimmie. Concédele otra oportunidad.

–¿Por el bien del bebé?

–¿Por qué no? ¿Tan terrible es que un padre quiera formar parte de la vida de su hijo?

–Bueno, si tiene tiempo y puede…

–Claro que podrá. El matrimonio es un compromiso a largo plazo, que exige flexibilidad y sensibilidad hacia tu cónyuge.

–O hacia tus hijos.

–En efecto –dijo Theo, asintiendo–. Ah, no sabes la suerte que tienes.

Mientras hablaba, Theo volvió a mirar la fotografía de su difunta esposa, y Kimmie comprendió lo que había querido decir. Ella tenía la opción de elegir, pero él no tenía ninguna.

Durante los minutos siguientes, se dedicaron a charlar tranquilamente. El tío de Kris se había ganado su afecto, y Kimmie supo que, pasara lo que pasara entre su sobrino y ella, acababa de conseguir un amigo.

–Supongo que estarás encantado de tener un heredero que se pueda hacer cargo de Kaimos Shipping.

–Bueno, no voy a negar que es un alivio, pero tener un nieto es muchísimo más importante para mí. Quiero a Kris como si fuera mi hijo, y sé que él me quiere como si yo fuera su padre. Espero que no te opongas a que interprete el papel de abuelo, aunque técnicamente sea tío abuelo del niño que estás esperando.

–Por supuesto que no. Serás un abuelo maravilloso.

–En el fondo, solo quiero que Kristof sea feliz. Y ahora que te conozco, sé que lo será –dijo con una sonrisa.

–¿Por esto? –preguntó, tocándose el estómago.

Theo sacudió la cabeza.

–No, por ti –sentenció–. Me gustas mucho, Kimmie Lancaster. No sé qué pasará entre mi sobrino y tú, pero prométeme que volverás a verme en cualquier caso.

Ella lo miró a los ojos y asintió.

–Te lo prometo.

Cuando salieron de la mansión, Kimmie se pregunto si era posible que Kris estuviera enamorado de ella y tuviera una forma extraña de demostrarlo.

No sabía qué pensar sobre la conversación que había oído; pero, después de hablar con Theo, estaba dispuesta a concederle el beneficio de la duda. A fin de cuentas, era normal que quisiera tener un heredero, porque no tenía más familia que su sobrino.

Pero, fuera como fuera, los sentimientos de Kris eran lo único importante.

En cuanto a lo demás, Theo le había asegurado que su hijo tendría todo lo que pudiera necesitar, y ella había replicado que no necesitaba ayuda de nadie, aunque tenía intención de verlo con frecuencia cuando diera a luz.

—Serás su único abuelo —afirmó, dándole un abrazo.

Ahora no tenía más duda que el grado de compromiso de Kris y la necesidad o no de casarse con él. Quizá fuera una romántica, pero siempre había pensado que, si llegaba a casarse, no sería por conveniencia, sino por amor. Y, por supuesto, no quería que la quisieran de vez en cuando, sino todo el tiempo.

Capítulo 14

MI TÍO está encantado contigo.

—Y yo con él –admitió Kimmie.

—Ha estado bastante enfermo. Problemas del corazón, aunque ya le han dado el alta –le informó Kris–. De hecho, tiene mejor aspecto que nunca.

—Será por el bebé. La idea de ser abuelo le hace feliz.

—Lo sé. Nos hace feliz a todos.

—O, por lo menos, a mí.

—¿Estás dudando de mis sentimientos? –preguntó él, frunciendo el ceño.

—No, solo dudo de tus motivos.

—¿A qué te refieres?

—A que he oído vuestra conversación telefónica sin querer. He salido a buscarte y he escuchado lo del heredero.

Kris suspiró.

—Un fragmento de conversación nunca cuenta toda la historia –alegó.

—¿Y por qué tengo la impresión de que en este caso es distinto?

—Lo desconozco.

—¿Será quizá porque no puedo creer que un seductor como tú se transforme en un padre devoto en cuestión de meses?

—Pues deberías creerlo, porque es exactamente lo que ha pasado –afirmó–. Nada es definitivo, Kimmie. Todos tomamos nuestras decisiones, pero la vida impone las suyas y nos obliga a adaptarnos.

—¿Y qué pasará con tu trabajo? ¿También te adaptarás en ese sentido? Porque trabajas todo el tiempo –le recordó.

Kris de encogió de hombros.

—Lo voy a intentar, aunque tú no eres la persona más apropiada para echármelo en cara. Trabajas tanto como yo. Y dudo que renuncies a tu profesión cuando seas madre.

—No me lo puedo permitir.

—Claro que puedes. Yo te puedo ayudar.

—¿Cómo? ¿Casándote conmigo?

—Oh, no seas tan desconfiada… Seguro que termina por gustarte.

—Me gustaría si creyera que eres capaz de comprometerte de verdad, pero no lo creo.

—Porque no me conoces tanto como crees –le aseguró–. Deberías pasar más tiempo con mi tío, Kimmie.

—Puede que lo haga.

Kris giró por una calle para entrar en la elegante plaza de Londres donde vivía.

—¿Qué puedo hacer para convencerte de que no soy tan malo? Te aseguro que no quiero tener un hijo para que se haga cargo de Kaimos Shipping.

—¿Y cómo puedo estar segura? Por lo que sé, te tocó la lotería cuando Mike me traicionó y provocó indirectamente que nos conociéramos. Si no recuerdo mal, tu tío ya quería que te casaras.

—En primer lugar, adoro a mi tío, pero no soy tan susceptible a su encanto como pareces creer. Y, en segundo, me acerqué a ti porque me intrigabas, cosa que no ha cambiado.

Kimmie no supo qué pensar. Su encuentro con Theo había complicado las cosas, porque sabía que podía confiar en él, y era evidente que él confiaba en Kris. Pero, a pesar de ello, estaba lejos de creer su versión.

—Dime la verdad, Kris. ¿Me dejaste embarazada a propósito?

—¿Cómo puedes pensar eso? —dijo, indignado—. Me pongo preservativo cada vez que hacemos el amor.

—Sí, pero…

—No hay peros que valgan —la interrumpió, pasándose una mano por el pelo—. ¿Crees que me los habría puesto si tuviera intención de embarazarte? Lo único que ha pasado es que esas cosas fallan de vez en cuando. No te he tendido ninguna trampa. Y, en cuanto a lo que siento por ti, sé que no soy muy bueno expresando mis sentimientos… Al igual que tú, tuve una infancia difícil y me volví reservado. Pero es obvio que siento algo.

—¿Algo? ¿Qué?

—No lo sé, y no quiero especular al respecto —respondió—. Sin embargo, vas a ser la madre de mi hijo, me vas a dar la familia que nunca tuve, y huelga decir que te estaré eternamente agradecido por ello.

—Pero no me amas.

—Yo no he dicho eso. Es que no quiero…

–¿Que me haga ilusiones?

–Deja de poner palabras en mi boca. Sabes tan bien como yo que los dos estamos marcados por nuestro pasado.

–Un pasado que yo he intentado superar.

–¿Y lo has conseguido?

–¿Y tú lo has intentado?

La conversación terminó en lo último que Kimmie pretendía: una discusión donde se dijeron todo tipo de cosas basadas en verdades, medias verdades y malentendidos. Ni ella le escuchaba a él ni él le escuchaba a ella, cuyas hormonas le jugaron una mala pasada. Y, cuando se quedaron sin palabras, él apoyó la cabeza en el respaldo del asiento y dijo:

–Estoy harto.

–Y yo.

Kimmie abrió la portezuela, salió del vehículo y se dirigió a la parada del autobús. Kris no intentó detenerla. Se quedó en el coche.

Sin embargo, ella estaba tan enfadada que siguió hablando sola por el camino.

–¿Cómo he podido perder los papeles de ese modo? ¡Ha sido culpa mía, porque me niego a creer que puedo superar el pasado y seguir adelante! He hecho lo mismo que hacían mis padres cuando era pequeña. Pero no volverá a ocurrir… oh, no. ¿Por qué he tenido que perder los nervios? No es propio de mí, no es…

–¿Puedo unirme a tu conversación, o es unipersonal?

Kimmie se detuvo en seco. Por lo visto, Kris había cambiado de opinión y la había seguido.

–¿Qué haces aquí?

–Asegurarme de que no te pasa nada.

Ella suspiró, sintiéndose más culpable que nunca. A fin de cuentas, Kris no había hecho nada malo. La había tratado bien en todo momento, y solo quería asumir su responsabilidad como padre.

–Pero, si quieres seguir con tu soliloquio, me iré –continuó él.

Kimmie guardó silencio.

–No intento controlarte –insistió Kris–. Solo quiero cuidar de ti.

–Ya, pero yo no necesito que me cuiden.

–Todo el mundo lo necesita.

–¿Incluso tú?

–Puede que no me creas, pero te estuve buscando por todo Londres antes de saber que te habías quedado embarazada. Quería verte. Necesitaba verte.

–¿Por qué?

–Porque me intrigas, como ya te he dicho.

Kimmie lo miró con tristeza.

–¿Esa es tu forma de admitir que te gusto?

–No sé lo que será, pero es la verdad –le confesó–. Sé que el trabajo se lleva casi todo mi tiempo, pero pienso en ti constantemente. Eres una distracción gigantesca, y he descubierto que no puedo vivir sin ella. Y ahora, ¿por qué no vuelves al coche? Pienses lo que pienses, quiero conocerte mejor.

–Ah, eres todo un romántico –se burló Kimmie.

–Es posible que no lo sea, pero puedo aprender.

En ese momento, apareció el autobús que Kimmie estaba esperando, y supo que debía tomar una decisión. O se marchaba de allí o se quedaba con él. Pero, ¿cómo iban a arreglar las cosas si se marchaba?

Al final, volvió al coche. Pero, antes de subir, Kris le sorprendió diciendo:

—¿Por qué no damos un paseo por el parque? Hace un día precioso, y el aire fresco nos sentará bien.

Kimmie asintió y, poco después, se sentaron en un banco que estaba junto a un pequeño bosquecillo. Ninguno de los dos habló. Estaban tan cómodos con el silencio que se perdieron en sus respectivos pensamientos mientras oían el agua de una fuente.

Luego, Kimmie se preguntó cómo quería que fuera su futuro, y se dio cuenta de que no iría a ninguna parte si no empezaba por reconocer lo que sentía.

—Sé que te cuesta expresar tus sentimientos, pero me voy a arriesgar contigo, Kris —declaró de repente—. Te amo. Te parecerá increíble, pero te amo. Y no espero que digas nada. Solo quiero que lo sepas.

Kris se quedó sin aliento, asombrado con el valor que había demostrado Kimmie y con la profundidad de su confesión. Le habría gustado decir algo a la altura de sus palabras, pero estaba tan confundido que no se le ocurrió nada.

En su desconcierto, abrió la boca y dijo lo primero que se le ocurrió.

—Bueno, podemos criar a nuestro hijo sin necesidad de casarnos. A fin de cuentas, tus padres y mis padres se casaron y no fueron precisamente felices.

—Tu tío lo fue —le recordó.

—No te entiendo. ¿Insinúas que ahora quieres casarte conmigo?

—No, yo no he dicho eso. Solo digo que no todo el mundo es igual.

—Lo sé, y si quieres mantener tu independencia, lo entenderé perfectamente, aunque preferiría que estuviéramos juntos. Pero, pase lo que pase, te concederé el dinero que necesites y no haré nada que tenga que ver con el pequeño sin discutirlo antes contigo.

—Entonces, ¿estás dispuesto a que viva por mi cuenta?

—Sí, en efecto —respondió—. Te puedes quedar con alguna de mis casas o, si lo prefieres, comprarte otra. Salvo que quieras seguir en tu apartamento actual, aunque tengo entendido que…

—¿Quién te ha hablado de mi piso? ¿Mandy? —lo interrumpió.

—Sí, tu querida amiga. Me dijo que es muy pequeño y que no tiene un jardín donde pueda jugar nuestro hijo. Pero, antes de que tomes una decisión al respecto, me gustaría que supieras más cosas de mí.

—¿Como qué?

—Como sabes, estoy completamente comprometido con Kaimos Shipping. Incluso hay quien dice que lo estoy de forma tan obsesiva como peligrosa.

—Se nota que no conocen tu pasado ni lo mucho que quieres a tu tío, con quien te sientes evidentemente en deuda.

Él sonrió, aliviado.

—No te preocupes por eso. Lo comprendo de sobra —continuó ella.

–Bueno, solo quería decir que todo cambió cuando mi tío me pidió que empezara a pensar en el futuro.

–¿En el futuro de la empresa?

–No, en el mío, naturalmente. Sabe mucho de la soledad, y sabe el daño que te puede hacer. De hecho, también quiero darte las gracias por haber sido tan amable con él. Has conseguido que se sienta mejor.

–No es necesario que me lo agradezcas. A decir verdad, he disfrutado tanto de su compañía como él de la mía, y tendrá mi amistad con independencia de lo que ocurra entre nosotros –le aseguró–. Dice que eres como un hijo para él, y que quiere ser abuelo del nuestro, lo cual me alegra.

–Eres una buena mujer, Kimmie. ¿Tanto te extraña que quiera ser tu esposo?

–Pues sí. No pareces ser consciente de que vivimos en mundos muy distintos.

–¿Qué quieres decir?

–Que no puedo ser tu igual. Yo soy una pintora sin dinero y tú, un millonario que no sabe lo que significa el amor.

–Pues enséñame.

–Lo podría intentar, pero no puedo correr ese riesgo con un niño de por medio. Es mejor que vivamos separados.

–¿Y que nos quedemos en nuestras respectivas torres de marfil? –preguntó él–. Dudo que seamos felices con la relación que propones.

–Tú te debes a tu trabajo, y yo al mío. ¿Por qué cambiar la situación, cuando es obvio que la fórmula funciona?

—Quizá funcione, pero podríamos intentar otra cosa.

—¿Tú crees?

Los dos se quedaron en silencio, pensativos. Y, al cabo de un rato, él preguntó:

—¿Qué quieres de mí, Kimmie?

—Quiero demasiadas cosas. Quiero alguien que me ame y que no intente cambiar mi forma de ser. Quiero alguien que me respete y en quien pueda confiar. Quiero alguien que me proteja cuando no sea capaz de protegerme a mí misma.

—Siempre serás capaz —afirmó Kris.

—Bueno, estoy a punto de tener un hijo, y dudo que pueda mantener mi pose de guerrera. Estaré en una situación vulnerable y, por mucho que confíe en los médicos, me gustaría tenerte a mi lado cuando dé a luz. Pero, ¿qué pasará si tienes que irte de viaje de negocios? —le preguntó—. ¿Comprendes ahora mi problema?

—Vamos, que no quieres casarte conmigo.

—No funcionaría, Kris. No estás preparado. Tú quieres llevar una vida fácil... volver del trabajo y descubrir que tu esposa se ha maquillado para ti y que los niños ya han cenado y se han acostado.

Él soltó una carcajada.

—Qué equivocada estás, Kimmie. Si te casas conmigo, te prometo que nunca te volverás a sentir vulnerable.

—No, solo me sentiré sola —dijo con tristeza.

Kris la tomó entre sus brazos y la miró con intensidad.

—Sabes que te deseo, ¿no?

–Y yo a ti.

–Pues cásate conmigo –insistió.

–¿Sin amor?

–Yo no he dicho eso. Deja de sacar conclusiones apresuradas.

–Lo siento, pero no aceptaré tu oferta de matrimonio hasta que me demuestres que has cambiado, si es que puedes cambiar. No puedo ser una especie de empleada de tu empresa. Quiero que me amen con locura, como tu tío amaba a tu tía.

–Soy un hombre realista, Kimmie, no un romántico.

–Pues avísame cuando aprendas a amar.

Kris sacudió la cabeza.

–Eres una mujer muy dura.

–Todo lo contrario. Estoy llena de amor –dijo, acariciándose el estómago–. Y también tengo esperanzas. Y quiero que seas feliz.

–Seré feliz si nos casamos.

–El matrimonio no es más que un pedazo de papel, un contrato como los que sueles firmar en tu naviera. Tendrás que ofrecerme algo más.

–¿Qué quieres que te ofrezca? –dijo, frustrado.

–Quiero que te arriesgues, Kris, que seas capaz de expresar tus sentimientos sin esconderlos en un lugar tan profundo que nadie los puede encontrar.

Justo entonces, se levantó una brisa fresca, y Kimmie se alzó el cuello de la chaqueta.

–¿Podemos volver al coche? Empiezo a tener frío.

–Sí, por supuesto –respondió Kris–. Volvamos.

Capítulo 15

POR SUERTE, había un aspecto de sus vidas donde ninguno de los dos tenía problemas de expresión. El contacto físico era más potente que las palabras, y las necesidades de Kris y Kimmie eran de lo más perentorias.

Al principio, se levantaron del banco y caminaron hacia el coche con tranquilidad; pero enseguida se pusieron a correr y, cuando por fin entraron en el vehículo, el arrancó a toda prisa y maniobró tan deprisa como pudo hasta encontrar un aparcamiento público.

Una vez allí, buscó un sitio oscuro, aparcó y se arrodilló entre las piernas de Kimmie, a quien quitó las braguitas.

–¿Te apetece?

–Oh, sí.

–Me alegro, porque no puedo esperar.

Kris la penetró y se empezó a mover.

–Esto es genial –dijo ella entre gemidos–. Nunca tendré suficiente.

–Eso espero.

Satisfecho el deseo, se vistieron de nuevo y se pusieron en camino. Acababan de salir del aparcamiento cuando Kimmie comentó:

–Prométeme que siempre serás tan espontáneo como ahora.

–Te lo prometo.

Al llegar a la casa de Kris, ella intentó salir del coche, pero tuvo dificultades.

–Aún me tiemblan las piernas –dijo.

–Entonces, te llevaré yo.

–No hace falta.

–Por supuesto que sí.

Kris la tomó en brazos y la llevó al interior.

–Ya puedes dejarme en el suelo.

–Te dejaré cuando lleguemos a nuestro destino.

–¿Y dónde…?

Kimmie no terminó la frase, porque le pareció evidente que la estaba llevando al dormitorio. Pero no la llevaba allí, sino a la alfombrada escalera, donde hicieron el amor.

–Me encanta hacerlo en esta posición –dijo él, encantado.

–Y a mí.

–No necesitamos estar casados para estar juntos.

–No. Y podemos hacer el amor en las escaleras.

–Tanto como te apetezca –declaró él–. Aunque puede ser más difícil a medida que avance tu embarazo.

–Bueno, seguro que encontramos la forma.

Kris la ayudó a levantarse y, mientras subían, dijo:

–Tengo algo para ti. Mi tío quiere que sea tuyo.

Ya en el dormitorio, Kimmie se interesó por el objeto que teóricamente le iba a dar; pero las cosas se complicaron, y se acostaron otra vez. Luego, ella se quedó dormida y, cuando se despertó, descubrió que Kris la estaba mirando con una toalla blanca a la cintura.

—¿Quiero que te dé tu regalo?

—Ya me lo has dado —replicó con voz sensual.

—No, es algo más tangible.

—¿Más que esto? —preguntó ella, frotándose el estómago.

—Es diferente. Algo que mi tío quiere que tengas. Algo especial para él.

Kimmie se sentó en la cama.

—¿De qué se trata?

Él abrió el cajón de la mesita de noche y sacó un anillo.

—Sé que los anillos no te gustan demasiado, pero he pensado que podrías hacer una excepción en este caso.

Kimmie se quedó atónita al verlo.

—Oh, Kris, es precioso...

—Perteneció a mi tía, que se parecía bastante a ti. Ella tampoco se dejaba impresionar por el dinero, así que mi tío encargó algo especial.

—¿Qué tipo de piedra preciosa es?

—Un zafiro del color de sus ojos, y con la misma luz que veo en los tuyos. A Theo y a mí nos ha parecido que sería apropiado.

—¿Y será capaz de renunciar a él?

—Claro que sí. Cree que puede ayudar a mi causa.

—¿Tu causa?

—La de que te cases conmigo.

A ella se le encogió el corazón.

—Oh, Kris, no puedo casarme contigo si no me

amas. Sobre todo, porque entre nosotros hay un verdadero abismo financiero –afirmó–. Prefiero seguir
siendo…

–¿Pobre pero honrada?

–Por así decirlo –respondió–. Agradezco enormemente el gesto de tu tío, pero no lo puedo aceptar.
Además, ¿no has dicho tú mismo que no es necesario
que nos casemos?

–Sí, pero preferiría que nos casáramos.

–¿Por el bien del bebé? ¿O de tu empresa?

–¿Cómo es posible que preguntes eso? –dijo Kris,
indignado–. A estas alturas, ya tendrías que saberlo.

Él se dio la vuelta y se puso los pantalones, poniendo fin a la conversación.

Kimmie salió de la casa de Kris para ir al cajero
de su banco. Estaba decidida a recuperar el control
de su vida, y necesitaba dinero. Pero, cuando metió
la tarjeta en la máquina, descubrió que no funcionaba, así que entró en el despacho del director.

Tras comprobar el problema, el hombre le dijo
que no tenía dinero en la cuenta.

–¿Cómo es posible que no haya nada? –preguntó
ella, atónita–. Sé que cerré la cuenta de mi empresa,
pero…

–Ese es el problema. Las dos cuentas estaban liga-
das y, como la segunda tenía una deuda importante,
se cubrió con el activo de la primera. Es la política
habitual del banco.

Kimmie se marchó completamente derrotada. Iba a
tener un niño, y no le quedaba ni un céntimo. Pero eso

no fue todo, porque justo entonces empezó a llover y, como no llegaba paraguas, tuvo que meterse en un bar a tomar un café, lo cual la dejó más pobre que antes. Y ni siquiera tenía para pagar el billete de autobús.

Mientras esperaba a que dejara de llover, vio que en el bar estaban buscando camareras y se interesó al respecto.

—¿Tiene experiencia? —preguntó la mujer de la barra.

—Bueno, no demasiada, aunque sé hacer café.

La mujer sonrió.

—Lo siento, pero eso no es suficiente. ¿Por qué no mira más abajo? Hay varias tiendas donde se ofrecen empleos.

—Ah, gracias.

Kimmie siguió su consejo, pero no encontró ningún trabajo y, por supuesto, se acordó de Kris. Si antes había un abismo económico entre ellos, ahora había una sima sin fondo. Tenía que encontrar una solución. Y deprisa.

—¿A qué debo este honor? —preguntó Kris al verla entrar en su despacho.

—Espero que no te moleste que haya venido… —dijo, sentándose.

—Por supuesto que no —replicó—. ¿Qué puedo hacer por ti? ¿Quieres beber algo?

—No, gracias, acabo de tomar un café.

—En ese caso, ¿por qué no vas al grano y me cuentas lo que te pasa? Tú no sueles andarte con rodeos. Eres mi guerrera.

Ella respiró hondo.

–La mujer que está ante ti es cualquier cosa menos una guerrera. Estoy sin blanca, y necesito un crédito con urgencia.

–¿Qué te ha pasado?

Kimmie le contó lo de su situación, que había empeorado desde la visita al banco porque Mandy le había mandado un mensaje para decirle que querían hacer otra exposición, y no podía pintar cuadros sin comprar materiales.

–Bueno, eso no es un problema. Te daré lo que necesites –afirmó Kris.

–Nunca te he pedido dinero, y no te lo voy a pedir ahora. Solo necesito un crédito para comprar lienzos y pintura, pero te lo devolveré.

–¿Un crédito? –dijo él, frunciendo el ceño.

Capítulo 16

QUÉ NOS está pasando, Kimmie?

–¿A qué te refieres?

–Primero, me acusas de no ser capaz de expresar mis sentimientos, lo cual es cierto. Me acostumbré a ocultarlos, e hice un trabajo tan bueno que ni siquiera fui capaz de mostrar mi alegría cuando supe que iba a ser padre. Pero ahora vienes tú, que te jactas de expresarlos con toda naturalidad, y me pides un crédito mientras finges que no te pasa nada. ¿Quién se está ocultando ahora, Kimmie?

Ella no dijo nada.

–Te habrá costado venir. Eres muy orgullosa –prosiguió él.

–Sí, reconozco que no ha sido fácil. Pero, como no pinte el dinero, no tendré lo necesario para trabajar –dijo ella, encogiéndose de hombros–. ¿Me prestarás algo? Te juro que te devolveré hasta el último penique. Confías en mí, ¿verdad?

–Te confiaría mi vida, Kimmie –respondió–. No te preocupes, me encargaré de que te hagan una transferencia.

–Gracias.

–Y estableceremos los términos del crédito.

–Gracias –repitió ella–. Sobre todo, por ser tan comprensivo.

–¿Cómo no lo voy a ser? Eres una mujer con éxito que se ha topado con un problema, como nos pasa a todos de vez en cuando. Pero saldrás adelante –afirmó Kris–. En fin, haremos la transferencia y te enviaré los términos del crédito por correo electrónico. Y ahora, si no te importa...

–Oh, sí, lo siento –dijo ella–. Supongo que estabas trabajando. No quiero robarte más tiempo.

Ella se levantó y se dirigió a la puerta.

–Kimmie, yo...

–Gracias de nuevo, Kris. No olvidaré tu amabilidad.

–Espero que no, porque nuestro hijo tendría una familia bastante dudosa, y no queremos que sufra –declaró con humor.

Los ojos de Kimmie se llenaron de lágrimas.

–No, claro que no.

Kimmie salió del despacho de Kris, y ya había llegado a la calle cuando él la alcanzó. Había decidido que su trabajo no era tan importante como ella.

–Tenías razón, Kimmie –dijo sin más.

–¿Sobre qué?

–Sobre mi obsesión con el trabajo. Hay cosas más importantes en la vida.

–¿Como qué?

–Como mi amor por ti.

–¿Cómo?

Kris la abrazó y, tras subirla a la limusina, la llevó a su casa.

–¿Por qué me he tenido que meter en este lío? –preguntó ella al llegar, angustiada.

–¿Crees que yo no me he metido nunca en ninguno? Todos cometemos errores. Pero aprendemos de ellos, ¿no? Forma parte del juego.

–Pero esto no es un juego. Estamos hablando de mi corazón.

–Y crees que ya no tienes fuerzas para seguir viviendo, ¿verdad? –comentó él–. Vamos, Kimmie, sabes que la vida no es así. Además, hemos recorrido un camino muy largo desde que nos conocimos en aquella playa. Fíjate en mí. Estoy aprendiendo a ser romántico.

–¿Cómo? ¿Redactando el contrato de un crédito?

–Sí es lo que quieres, sí. Pero no necesitas pedirme un crédito. Estoy dispuesto a darte todo el dinero que quieras.

–Sí, ya lo supongo.

–Tampoco es para tanto, Kimmie. La gente hace esas cosas cuando se quiere, y nosotros tenemos motivos para querernos –afirmó–. Ya no somos niños que se esconden en las esquinas. Somos adultos, perfectamente capaces de construir su propia felicidad.

–¿Eso es lo que estamos haciendo?

Kris hizo caso omiso de su pregunta.

–Siempre has sabido aferrarte a la vida. Y te volverás a aferrar, aunque sospecho que la siguiente vez tendrás más cuidado con los aspectos económicos de tu negocio.

–Puede que necesite ayuda con eso –admitió.

–Yo te ayudaré –dijo él–. ¿Quieres beber algo?

–¿Crees que todo se soluciona con algo tan mundano como una copa?

–Está bien… Si no quieres beber nada, lo intentaré de otra forma.

Kris se arrodilló de repente, sacó el anillo de su tío y añadió:

–Sabes lo que te voy a pedir, pero te lo pediré de todos modos. Te amo con toda mi alma, y te prometo que nunca intentaré que cambies, aunque te empeñes en pedirme créditos. Pero, si me vuelves a rechazar, es posible que aumente el tipo de interés.

–¿Con efectos retroactivos?

–Con lo que haga falta.

–No sé qué decir…

–Di que sí.

Ella se arrodilló a su lado.

–¿Estás hablando en serio? ¿Crees que podemos ser marido y mujer?

–Si no, no te lo ofrecería.

–No quiero tu dinero, Kris.

–Lo sé, pero no te estoy ofreciendo dinero.

–Entonces, ¿qué me ofreces?

–Mi apellido y algo más valioso que una cuenta bancaria.

–¿Algo más valioso?

–Mi experiencia profesional. Eres una artista de éxito, y será mejor que te acostumbres a manejar tus finanzas –respondió él–. De hecho, ni siquiera digo que vaya a ser un camino fácil. Tendrás que devolverme hasta el último céntimo de ese crédito. Pero el dinero irá directamente a las becas que tanto te interesan… Ese será tu incentivo. Solo falta que confíes en ti tanto como yo confío.

Ella guardó silencio durante unos momentos, y luego susurró:

—Es curioso. Mandy dijo algo parecido.

Si Kris le hubiera ofrecido un préstamo por pena, seguramente se lo habría tirado a la cara. Pero la conocía bien, y Kimmie no tuvo más remedio que reconocer que había encontrado la forma perfecta de convencerla.

—Oh, Kris… Yo también te amo. Con todo mi corazón.

—Entonces, ¿qué problema hay?

Kris la besó y la abrazó con fuerza, como si no quisiera soltarla nunca. Pero no hacía falta que la abrazara, porque ella había encontrado su hogar, y ya no se quería ir a ninguna parte.

La venta del enorme cuadro de Kyria Demetriou que había pintado Kimmie dio para pagar el crédito que le había concedido Kris, y aún sobró dinero para aumentar el fondo de las becas. De hecho, sus cuadros se estaban vendiendo tan bien que ya estaba organizando otra exposición.

—Tengo algo para ti —dijo ella mientras él colocaba un lienzo.

—Siempre tienes que elegir el peor momento posible —declaró él desde lo alto de una escalera.

—¿Quieres que te lo dé? ¿O no?

—¿No puede esperar?

—No estoy segura.

Kris suspiró y bajó al suelo.

—Eres de lo más irritante.

Kimmie le tomó la mano y la llevó a su estómago.

–Mira, el bebé está pegando pataditas. He pensado que querrías sentirlo.

–Pues claro que quiero –dijo, asombrado.

–Es genial, ¿eh?

–Parece que nos ha salido bien…

–Desde luego que sí.

Kris le pasó un brazo alrededor de la espalda y la llevó hacia el lado contrario del salón donde estaban colgando los cuadros.

–Sabes que aprecio mucho tu trabajo, ¿verdad?

–Y a mí me encanta que te guste. Sobre todo, porque estás muy sexy cuando te subes a una escalera con tus botas y tus vaqueros ajustados y te remangas la camisa, mostrando esos músculos de acero.

Kris soltó una carcajada.

–Pues si tanto me deseas, podemos…

–¡No, aquí no! –protestó ella–. Podría entrar alguien. Estamos en un lugar público.

–Pues eso es lo divertido –comentó él con malicia.

–Quizá lo sea para ti, pero no para mí –afirmó ella, encantada–. Y ahora, ¿por qué no haces algo útil con tu energía?

–Ya lo estoy haciendo –contestó, acariciando su cuerpo–. ¿O tienes alguna queja?

Ella soltó un gemido.

–No, ninguna.

Epílogo

LA BODA de los Kaimos se celebró en el gran salón del superyate de Kris, el que ella había definido como una gigantesca aberración. Y todos los invitados estuvieron de acuerdo en que hacían una pareja perfecta, aunque él fuera un duro hombre de negocios y ella, una artista bohemia.

Ninguna de las personas que los vieron en compañía de su hija habrían puesto en duda que eran absolutamente felices. De hecho, algunos dijeron que nunca habían visto a una novia tan guapa y, en cuanto a él, que estaba tan impresionante como de costumbre, le habría dado igual lo que dijeran, porque solo tenía ojos para su flamante esposa y para su pequeña, Camilla.

Por supuesto, asistieron todos sus seres queridos, desde Theo Kaimos hasta Kyria Demetriou, y Kimmie se sintió muy orgullosa de poder llevar el anillo que le había regalado el tío de Kris, el anillo de su difunta esposa.

–Siempre supe que, cuando conocieras a la mujer adecuada, te convertirías en un verdadero romántico –dijo Theo a su sobrino–. Es una pena que tardaras tanto tiempo en reconocerlo. Yo lo vi enseguida.

–Como siempre –ironizó.

A pesar de la sorna, Kris pensó que su tío tenía razón. Tendría que haberse dado cuenta desde el principio, pero se había estado resistiendo al amor.

–Te amo –susurró Kimmie cuando la ceremonia estaba a punto de empezar.

–Y yo a ti –replicó él, mirándola a los ojos.

Después, los invitados guardaron silencio y la pareja se dispuso a afrontar el día más importante de su vida.

–Ah, deja de pensar en tus cuadros y limítate a pronunciar tus votos cuando te lo pidan –dijo él con una sonrisa.

–No te preocupes por eso. Los pronunciaré.

Minutos más tarde, el juez de paz los declaró marido y mujer.

–¿No te parece un vestido demasiado soso?

–El vestido es perfecto.

–Para quitármelo, ¿no?

Kris sonrió.

–Sí, eso también.

Kris y Kimmie estaban por fin solos. Ella aún llevaba la prenda de color marfil, además del anillo de Theo y, por supuesto, su anillo de casada, que se miró.

–Me empiezan a gustar los anillos, ¿sabes? Casi tanto como la pintura. Y estaré encantada de que me regales más si sigues a mi lado.

–Siempre estaré a tu lado –dijo él, quitándole la ropa–. Pero no te preocupes por tu querida libertad. No tengo ninguna intención de cambiarte.

–Ya me has cambiado, Kris.

–Y tú me has cambiado a mí.

Entonces, él la tomó de la mano, se la llevó a los labios y se la besó con dulzura, en una silenciosa promesa de amor y confianza.

Bianca

Solo iba a tomar lo que le correspondía

TERREMOTO DE PASIONES

Maya Blake

N° 2767

Reiko Kagawa estaba al corriente de la fama de playboy del marchante de arte Damion Fortier, que aparecía constantemente en las portadas de la prensa del corazón, y del que se decía que iba por Europa dejando a su paso un rastro de corazones rotos. Sabía que había dos cosas que Damion quería: lo primero, una pintura de incalculable valor, obra de su abuelo, y lo segundo, su cuerpo. Sin embargo, no tenía intención de entregarle ni lo uno, ni lo otro.

Damion no estaba acostumbrado a que una mujer hermosa lo rechazase, pero no se rendía fácilmente, y estaba dispuesto a desplegar todas sus armas de seducción para conseguir lo que quería.

Acepte 2 de nuestras mejores novelas de amor GRATIS

¡Y reciba un regalo sorpresa!

Oferta especial de tiempo limitado

Rellene el cupón y envíelo a

Harlequin Reader Service®
3010 Walden Ave.
P.O. Box 1867
Buffalo, N.Y. 14240-1867

¡Sí! Por favor, envíenme 2 novelas de amor de Harlequin (1 Bianca® y 1 Deseo®) gratis, más el regalo sorpresa. Luego remítanme 4 novelas nuevas todos los meses, las cuales recibiré mucho antes de que aparezcan en librerías, y factúrenme al bajo precio de $3,24 cada una, más $0,25 por envío e impuesto de ventas, si corresponde*. Este es el precio total, y es un ahorro de casi el 20% sobre el precio de portada. !Una oferta excelente! Entiendo que el hecho de aceptar estos libros y el regalo no me obliga en forma alguna a la compra de libros adicionales. Y también que puedo devolver cualquier envío y cancelar en cualquier momento. Aún si decido no comprar ningún otro libro de Harlequin, los 2 libros gratis y el regalo sorpresa son míos para siempre.

416 LBN DU7N

Nombre y apellido	(Por favor, letra de molde)
Dirección	Apartamento No.
Ciudad	Estado	Zona postal

Esta oferta se limita a un pedido por hogar y no está disponible para los subscriptores actuales de Deseo® y Bianca®.
*Los términos y precios quedan sujetos a cambios sin aviso previo.
Impuestos de ventas aplican en N.Y.

SPN-03   ©2003 Harlequin Enterprises Limited